Olivier Papleux

La Vénus de la Vallée mosane

roman

M.E.O.

Publié avec le soutien de la FÉDÉRATION WALLONIE-BRUXELLES

ainsi que du
FONDS NATIONAL DE LA LITTÉRATURE
(Académie royale de Langue et de Littérature françaises
de Belgique)

ISBN
Livre : 978-2-8070-0383-5
PDF 978-2-8070-0384-2
ePub : 978-2-8070-0385-9
DL : D/2023/7385/7

http://www.meo-edition.eu
meo.edition@gmail.com

Couverture : La Vénus de Kostienki
Logo des éditions M.E.O. : © Monique Thomassettie, *Rose des vents*

La mère est la Terre
Et la Lune est ce va-et-vient des marées qui la fécondent

PREMIÈRE LUNE

Ce que je préférerais, c'est d'aimer la Terre comme l'aime
la Lune
et de n'effleurer sa beauté que des yeux.
Friedrich Nietzsche

madame Lelièvre des liens familiaux authentiques en rendant ces visites à papy. Même si je ne peux l'attacher qu'à un homme un peu égoïste ou assez lâche pour avoir abandonné sa fille unique.

« Entrez, l'apéro vous attend… »

Sur la table, quelques cacahuètes enrobées de paprika, la bouteille entamée de Zizi Coin Coin et du Coca-Cola en canette. La salive aux lèvres, Emmanuel se précipite sur les Crac A Nuts, puis se pourlèche les doigts un à un avant de les replonger dans l'assiette.

Il est beau, mon fils. Ses cheveux sont foncés, presque de jais, et son teint hâlé lui donne bonne mine quelle que soit la saison. Une fois la coupelle vide, il sort de son cartable de fines lunettes rondes, un bloc de dessin et ses crayons Caran d'Ache. Je profite d'une pause dans la conversation pour amener papy au sujet qui me motive.

« Emmanuel et moi voudrions vous faire part d'une grande nouvelle. »

Une petite semaine s'est écoulée depuis l'annonce et bien qu'aucun test de grossesse ne soit encore fiable, je sais qu'il sera positif.

« Votre fille est enceinte. »

Je perçois un tressaillement dans les doigts du vieil homme. Depuis notre première rencontre, je n'avais utilisé que le prénom d'Ève pour parler de ma femme, jamais de leur lien de parenté douloureux ou tabou. Aujourd'hui, le mot est lâché.

Nous observons Emmanuel dessinant quelques lettres de l'alphabet. Il adore enluminer des D ou des N, et surtout les A qu'il calligraphie avec ferveur. Le résultat est spectaculaire. Les deux X coloriés de rouge et d'ocre font sourire papy. Il se détend. Depuis qu'il est veuf, cet homme vit sans femme et sans enfants. J'ai l'impression qu'il n'a pas besoin de revoir sa fille qui, du reste, ne témoigne aucun intérêt à une confrontation. J'aimerais cependant en savoir plus sur la branche maternelle d'Ève. Et mon « beau-père » est le seul qui puisse m'ouvrir une piste.

« Rassurez-vous ! Père, fille, je sais qu'entre Ève et vous, ce n'est qu'un lien biologique et je ne souhaite pas ternir vos vieux jours en tentant d'exhumer des sentiments qui n'existent pas.

– Papa, ça veut dire quoi *exhumer* ?

– C'est déterrer un mort. Au figuré, on utilise ce verbe pour parler de quelque chose qu'on réveille alors qu'on le croyait mort.

– C'est quoi le *figuré* ?

– Dans une langue, un mot a une signification concrète, un premier sens. Mais il peut aussi être employé pour décrire une situation plus imagée. Tu comprends ? »

À dix ans, Emmanuel atteint l'âge où l'on s'interroge. Par plaisir intellectuel, je me suis donné le défi de répondre à toutes ses questions. J'adore ça.

« Vous savez, je n'ai jamais rien ressenti de particulier pour Ève. Ni assentiment ni amour. J'avais trop de peine lorsque ma femme a disparu. Je n'avais aucune place dans mon cœur. Que cette souffrance.

– Je comprends… Mais je me suis toujours demandé, et Ève n'a pas pu m'éclairer, pourquoi seuls vos parents ont élevé la petite. Et pas ceux de votre épouse.

– Ma femme n'avait plus de parents. Sa maman était morte en la mettant au monde. Et son papa est parti assez jeune aussi. Maladie du mineur. Ils habitaient Sclayn.

– Quelle destinée ! Moi qui m'étais mis en tête d'offrir à Emmanuel quelques cousins, tantes ou oncles maternels… !

– J'ai un frère… »

Lors du trajet de retour en voiture, j'observe Emmanuel jouant avec trois de ses doigts.

« Tu penses à quoi ? »

Il me regarde, entrouvre les lèvres, mais ne dit rien. Comme s'il pressentait que ce qu'il veut me dire est trop important pour l'exprimer sans choisir ses mots. Ou que ce n'est pas le moment.

« Dis-moi ! »

Il compte dans sa tête…

« Tu trouves que c'est beaucoup de mourir trois fois ?

– Je ne vois pas ce que tu dis. On ne meurt qu'une fois !

– Mais, non ! »

Il tape du pied et soupire. Depuis quelque temps, Emmanuel s'impatiente, surtout quand je ne le comprends pas du premier coup. Il crie presque :

« La grand-mère de maman est morte en accouchant de sa fille qui est morte aussi en accouchant. Et puis maman, elle va accoucher aussi, non ? »

Je pâlis. Distrait par la conversation avec papy, je n'avais pas fait le rapprochement. Emmanuel a raison, mais je rejette cette idée de toutes mes forces.

« Ne t'inquiète pas. Deux fois la même malchance, ça arrive, mais jamais trois. »

Première pleine lune

J'aime mon fils Emmanuel plus que tout. Nous l'avons adopté alors qu'il avait à peine un an, et, depuis ce jour, il est la chair de ma chair, le sang de mon sang. Cocher le mot « père » au sein d'un document a pour moi autant de valeur que la signature d'un acte de naissance. Qu'elle soit biologique, officielle ou symbolique, la paternité se mesure dans les tripes et dans la force protectrice qui s'empare de moi lorsque je sais mon fils en danger, et il ne m'est pas facile de lui laisser un peu de liberté tout en imaginant le mal qu'on pourrait lui faire.

Aux portes de l'adolescence, Emmanuel a besoin de se forger une identité qui lui permettra de vivre cette période avec sérénité. Dois-je l'aider en lui bâlisant le chemin ? Ou lui épargner des recommandations qui tôt ou tard l'étoufferont ?

Comment modérer l'exaltation et la fierté ressenties lorsque je pense à lui ?

Aujourd'hui, désorienté par ces réflexions, je pars seul, à la découverte de la petite commune de Sclayn, enclavée dans une boucle de la Meuse à une quinzaine de kilomètres de chez nous. J'aime l'histoire de nos paysages, les morceaux de route abandonnée et les tombes qui racontent… J'aime deviner les drames et les passions, imaginer d'autres vies que la mienne. J'y reviendrai avec Emmanuel et partagerai avec lui un peu de cette belgitude. J'ai l'impression d'avoir trop longtemps délaissé la nécessité identitaire de mon fils et chercher pour lui quelques racines apaise mon angoisse de papa poule.

Je déambule dans les rues où ont vécu ses grands-parents maternels. Ils ont marché ici et respiré cet air glacé d'hiver. Ils se sont assis dans cette église romane du XIe siècle et ont sans doute prié.

Ils reposent peut-être dans le cimetière en pente légère le long de la vallée mosane, auquel j'accède par le haut...

Sclayn, Namur, la Wallonie et même un peu de cette terre d'Égypte qu'il renie : le monde est son village et il est de mon devoir d'inculquer à mon fils le sentiment d'appartenance, le plaisir d'être un humain en harmonie avec les humains, l'envie de se sentir solidaire de tout être vivant.

Cette adhésion le protégera du racisme qu'il pourrait subir un jour, ou pire encore, faire sien. Aux yeux de l'humanité, Emmanuel ne vaudra pas moins et pas plus qu'un autre. Je l'aiderai à supporter le regard que l'on portera sur lui et les chocs que provoqueront certaines rencontres. Il ne ressentira pas les différences comme des menaces, mais comme des morceaux de sa propre identité. Je le veux beaucoup plus serein que moi.

Après trois semaines, un test de grossesse devient fiable. Ève l'a effectué ce matin. Elle est enceinte ! Ma femme est pleine d'une petite vie joyeuse de la taille d'une graine de pavot, comme cette pleine lune suspendue dans le ciel bleu glacé. Je descends l'allée principale, découvrant quelques tombes d'enfant où gisent des doudous abîmés par le temps, passant à côté de parcelles pauvres, sans pierre et sans noms. Juste une croix de bois. Entouré de tous ces poignants souvenirs, je cherche un patronyme sans vraiment espérer le trouver. Selon papy, sa belle-mère s'appelait Nitelet.

Pirlet, Hambursin, Painsmaye, ces noms me racontent des bribes d'histoires locales, ordinaires... Mes doigts sont gelés, ma vue se trouble. J'ai marché trop longtemps dans la froidure humide, oubliant de me ménager ou de me réchauffer. Alors que je décide de couper au plus court pour rejoindre le bourg et ma voiture, j'enjambe un vieux caveau. Mon pied reste en suspens lorsque j'aperçois le mot Nitelet. Redevenu stable, j'essuie mes lunettes, recouvre un peu de lucidité puis prends le temps de lire les lettres gravées :

FAMILLE NITELET – TIMSONET

GUSTAVINE TIMSONET 1899 - 1923
ALBERT NITELET 1897 - 1943
MARGUERITE NITELET 1923 - 1947

Je n'ai aucun doute sur le prénom et la date de décès de Marguerite, morte en couche le jour où l'épouse de papy est née. Mais ce 1923 est dingue ! La maman de Marguerite, l'arrière-grand-mère de ma femme a disparu l'année même où est née sa fille, probablement le même jour. Emmanuel l'avait perçu : durant au moins trois générations, chaque mère de cette lignée a perdu la vie en mettant une fille au monde.

Agnostique, athée, affublé de tous les alpha privatifs de la langue et totalement fermé au paranormal, je rejette la piste de la malédiction, pariant plutôt sur la découverte d'une de ces crasses héréditaires dont Ève pourrait être atteinte.

Et tout en prenant une photo de la pierre tombale avec mon smartphone, je réalise que pour autant qu'un tel drame puisse vraiment advenir, il me reste trente-sept semaines pour sauver ma femme. Cette idée m'exalte et m'effraie.

Dernier croissant de la première lune

« Toutes ces femmes mortes trop jeunes sans avoir pu transmettre leur vécu, c'est désolant ! »

Lorsque j'ai montré à Ève l'image prise à Sclayn et que je lui ai fait part du drame de son ascendance, son sourire s'est éteint. Sur sa nudité, elle a enfilé la robe vert pâle qui gisait par terre. Elle s'est assise, puis a évoqué la destinée de Gustavine et de sa fille Marguerite.

Je sais qu'en ces instants où le visage de ma femme se décompose, il est essentiel que je me niche contre elle. Je l'ai écoutée longtemps…

« Gustavine, par exemple, n'a laissé que son nom et deux dates. Rien d'autre !

– Tes ancêtres ont transmis la vie, t'ont permis d'être là, près de moi ! »

À ce moment seulement, elle a songé à sa maman, et au terrible manque qu'elle ne comblerait jamais. J'ai vu de grosses larmes se former au bord des cils, ses lèvres se crisper. Et sa grimace m'a fait mal.

Puis, subitement, détachée, presque légère :

« Donc, pour rester dans la logique, je vais te faire une fille, puis je rejoindrai mes aïeules… »

Moi, je n'ai pas ri du tout.

D'où lui vient ce cynisme ? Sa foi chrétienne la prépare-t-elle mieux que moi à la fin qui nous guette ? La grossesse accroît-elle son optimisme naturel ? La petite vie qu'elle porte, de la taille d'un grain de poivre, épice-t-elle déjà ses pensées ? Moi, je ne parviens pas à concevoir sereinement l'atrocité d'une totale disparition et à force de craindre la mort, j'en arrive souvent à craindre la vie.

Cet après-midi, la bibliothèque de Namur m'offre la possibilité de parcourir quelques bouquins et revues scientifiques. Certes, Ève est détachée du danger qu'elle pourrait courir et les accouchements présentent aujourd'hui peu de risques. J'aimerais cependant comprendre pourquoi elle, sa maman et sa grand-mère sont nées orphelines.

Les pages web trouvées sur le sujet ne m'ont appris qu'une chose : qui dit *transmission héréditaire d'une maladie* dit *génétique*, une matière pour moi très complexe à décrypter.

Je n'avance pas. Les notions de génome ou d'ADN me sont déjà si nébuleuses qu'assimiler un jour les chromatides, histones ou les inextricables ribosomes me semble improbable. J'en ai la nausée. Et avoir tenté de comprendre le processus de production de l'ARN messager m'a donné une solide migraine !

Mais, courage ! Mes passions diverses m'ayant autrefois poussé à analyser le *système de Linné* ou la *parenté structurale* des langues indo-européennes, il n'est pas dit que je ne concevrai pas un jour à quoi servent mes gènes et comment ils sont en train de se transmettre à notre bébé.

Alors que je m'applique à mémoriser l'ensemble du contenu cellulaire, je reçois un message d'Emmanuel. Il s'intéresse tant à ma quête que je lui ai proposé de me rejoindre à la bibliothèque après l'école. Je sors du bâtiment et l'invite à me suivre jusqu'à la salle de lecture.

« T'as trouvé de quoi maman est malade ?

– Parle moins fort, les gens travaillent ! »

Mon fils regarde autour de lui, ses grands yeux sérieux dévisagent chaque groupe d'étudiants et, épars, quelques passionnés plus âgés.

« Je vais t'expliquer ce que j'ai compris. »

Je suis de ceux qui considèrent qu'un enfant de cinq ans pourrait concevoir les principes de la relativité. Tout est question de limpidité, et la clarté de la restitution est plus importante que sa simplification. Elle permet en tout cas d'aller loin dans la complexité. De plus, Emmanuel a l'âge où on est curieux de tout. Répondre à ses interrogations est jubilatoire. Je chuchote en articulant du mieux que je peux :

« Tu sais que notre corps est un assemblage de milliards de cellules où on trouve différentes choses. »

Je prends une feuille blanche, un stylo et griffonne deux cercles concentriques.

« Le grand, c'est la cellule ; et le petit, à l'intérieur, c'est le noyau, le boîtier de l'ordinateur qui contrôle l'information nécessaire à faire fonctionner la cellule. Une cellule de ton œil utilisera l'info qui concerne l'œil. Une cellule de ton sang utilisera la partie dont elle a besoin.

– J'ai des milliards d'ordinateurs en moi, alors !

– En effet, tous les mêmes ! Et chacun possède une carte mémoire appelée génome pour stocker l'information et les programmes. Une puce électronique si tu veux. Le génome est réparti entre les chromosomes.

– La maladie de maman vient de là ?

– Oui. S'il y a un virus dans la puce, les programmes peuvent mal fonctionner. »

Je m'amuse de ces termes (puce, virus, souris) que les informaticiens ont empruntés à la biologie alors qu'aujourd'hui j'use à rebours de cette analogie pour expliquer la biogénétique à mon fils. En cinquante ans, la technologie a pris tellement d'importance que nous connaissons mieux la structure de notre smartphone que celle de notre corps.

« Maman a un bug dans ses cellules ?

– Peut-être. Si c'est le cas, on appelle ça une maladie génétique.

– Et d'où il vient ce bug ?

– Sans doute de très loin. Une maladie génétique provient presque toujours des parents. Je vais t'expliquer… »

Emmanuel s'installe au fond de sa chaise, prêt à recevoir ce que je viens juste d'apprendre. Son envie est tellement contagieuse que je me sens irradié de savoir.

« Dans chaque noyau, tu as les chromosomes numérotés de 1 à 23 qui viennent de ta maman et les mémoires homologues qui viennent de ton papa. »

L'allusion à son ascendance biologique fait tiquer mon fils. Je me dois de décentrer mon propos. « L'enfant a donc *reçu* vingt-trois paires de chromosomes qui sont les cartes mémoires spécialisées. Par exemple, ses deux numéros 15 contiennent le programme qui détermine la couleur de ses yeux. Chaque parent a donné le sien lors de la fécondation.

– Comment ça se passe ?

– Quand on fait un enfant, tu sais que le spermatozoïde du papa entre en contact avec l'ovule de la maman. »

Il visualise bien ces termes. Ce matin, j'ai rencontré *gamète*, *ovocyte*, *oosphère*, qui permettent d'identifier avec précision les types de cellules. Mais avec Emmanuel, je m'accroche à des concepts connus sans l'encombrer de mots, tous ces mots et ce vocabulaire nébuleux dans lequel je me perds encore. Je dessine une sorte d'œuf dans lequel s'insinue un têtard.

« L'ovule et le spermatozoïde sont des cellules particulières parce que l'ovule ne contient que vingt-trois chromosomes pris au hasard chez la maman et que le spermatozoïde ne contient que vingt-trois chromosomes pris au hasard chez le papa. Quand ils se rencontrent, ils s'assemblent deux à deux et forment les vingt-trois paires de la carte mémoire de la première cellule du bébé. »

Nous nous observons un instant et les étincelles de ses yeux m'éclairent. Comme si l'obligation de concevoir simplement facilitait ma propre compréhension.

« La cellule initiale se dédouble. Puis, chaque nouvelle cellule ainsi apparue fait de même et le bébé prend forme. »

De nouveau, je remarque un léger rictus chez mon fils. Une lueur de tristesse le traverse.

« Alors moi, je n'ai rien de maman dans mes cellules et je n'ai rien de toi ? »

Comment répondre à sa détresse ? Je cherche des mots…

« Votre bébé, il aura toutes vos cartes mémoires ! Et moi, je n'ai rien du tout.

– … Toi, tu as encore plus de chance, parce que tu as tout l'amour et toute l'attention que nous te portons, maman et moi. En plus des quarante-six chromosomes que tes parents d'Égypte t'ont apportés.

– Je m'en fous de leurs chromosomes. Je ne les connais pas et je n'ai pas envie de les connaître. »

De retour à la maison, nous trouvons Ève en train de s'inspirer d'une reproduction de Léonard Foujita, *Le petit Bouddha*. En arrière-plan dans le ciel bleu, on devine, incongrue, la citadelle de Namur.

« Salut, les garçons !

– Tu as vu le médecin, tout s'est bien passé ?

– C'était un peu tôt pour le contrôle de grossesse, mais il a bien voulu faire une prise de sang. »

Je la regarde, dans l'expectative. Elle ne bronche pas, sourit à Emmanuel qui tire la tête et se goinfre de chocolat.

« Tu lui en as parlé ?

– De quoi ?

– De tes ascendantes et de tout ça. De ce qui nous tracasse, quoi !

– Je lui ai montré la photo du cimetière. Il a commandé un test des mutations les plus courantes.

La curiosité d'Emmanuel l'extirpe un peu de son mutisme :

– C'est quoi une mutation ?

– Une modification des chromosomes. C'est le bug qui expliquerait la maladie génétique de maman… Et qu'est-ce qu'il a dit, le gynécologue ? Il était inquiet ?

– Tu sais, les gynécos, ils ont d'autres chattes à fouetter. »

Sur ce mot douteux, elle nous laisse pour filer aux toilettes. Son attitude me pèse. J'aimerais qu'elle m'apporte parfois du soutien, qu'elle fasse preuve d'empathie envers mes excès d'humeur ou mes sentiments exacerbés.

Là, penaud, je me sens seul sur Terre. Puis, je me secoue, me disant que l'indifférence est peut-être une protection contre la peur d'être abandonnée. Ou que durant la première lune de grossesse, la future maman se sent invulnérable. Rien ne peut l'atteindre, certainement pas une pathologie potentielle dont elle ne ressent pas les symptômes.

DEUXIÈME LUNE

Pourquoi vouloir décrocher la lune
quand on a les étoiles ?
Étienne Daho

Deuxième nouvelle lune

Le cycle lunaire complet a une durée approximativement égale au cycle menstruel, la croyance populaire voulant que dix lunaisons soient nécessaires pour mener une grossesse à terme.

Aujourd'hui, la nouvelle lune me rappelle que le temps passe et qu'il me reste moins de neuf lunaisons pour comprendre le mal dont Ève est atteinte. Pourquoi moi ? Sans doute suis-je la seule personne assez motivée pour remuer ciel et terre afin de sauver ma femme.

« Tu trouves que c'est joli ? »

Son dessin est stupéfiant !

Quand j'ai expliqué à mon fils la structure de l'information dans chaque chromosome, il a souhaité me la représenter.

« Très bien ! »

Le langage du vivant utilise un alphabet de seulement quatre lettres, chacune désignant un acide aminé spécifique. Chaque lettre s'associe toujours à la même partenaire. Emmanuel calligraphie C-G puis A-T. Une succession de C-G et A-T forme les barreaux d'une échelle en colimaçon.

« Les montants de l'échelle, c'est en quelle matière ?

– Du sucre et du phosphate, mais ce n'est pas le plus important. L'information réside dans la façon dont se suivent ces lettres. Magnifique ! Tu es vraiment doué ! »

Nous témoignons si rarement notre estime aux êtres qui nous entourent, alors que tant de choses admirables les habitent. Emmanuel sourit.

« Là, tu as dessiné ce qu'on appelle de l'ADN. Chaque chromosome contient une très très longue échelle d'ADN qui se pelotonne sur elle-même.

– Et le problème chez maman, c'est quoi ? »

Emmanuel – est-ce une caractéristique de son âge ? – ne perd jamais de vue l'idée qu'il a en tête. Ses questions me recentrent lorsque l'intérêt pour une matière m'entraîne sur des chemins de traverse. Installés à la table de la cuisine, nous chuchotons pour ne pas déranger ma femme qui se repose dans la chambre.

« Elle a sûrement un gène qui fonctionne mal et que la cellule ne parvient pas à réparer.

– Le gène, c'est un programme, c'est ça ?

– Oui, c'est une demande simple. Du genre "je veux transporter de l'oxygène". Au niveau de l'ADN, le gène est une courte séquence de bases azotées C, A, G et T. Ton dessin représente un gène puisque tu t'es arrêté à une suite de douze lettres de l'alphabet du vivant. Tu m'as dessiné un programme à exécuter. »

– Et maman a un programme qui ne fonctionne pas.

– Voilà ! Dans la toute première cellule de maman lorsqu'elle a été créée, un des chromosomes contenait une mutation. C'est comme si dans ton dessin, ce A-T avait été abîmé dès le départ. Je le gomme, pfut ! C'est un bug ! Le même bug qui se retrouve maintenant dans chacune de ses cellules.

– Et comme le bug est passé par grand-mère, il faudrait chercher dans le chromosome que maman a reçu de sa mère ! »

Les bras m'en tombent. Et je regarde mon fils avec un air si bête qu'il éclate de rire.

« Chut ! Elle dort. »

Pour assimiler sa conclusion tellement pertinente, je me lève, me dirige vers la fenêtre puis observe les personnes aux grands pieds du haut de notre appartement mansardé. Emmanuel a raison. Le chromosome équivalent de papy n'est probablement pas muté. Certaines mutations d'un seul parent suffisent à provoquer une maladie.

« Une analyse génétique est nécessaire, bien sûr. Mais comment ? Chaque chromosome contient plus de six milliards de paires de C-G, A-T. Où trouver l'association anormale ? Autant chercher une aiguille dans une botte de foin ! »

Face à mon désenchantement, mon fils me prend la main, puis me donne un bisou. Être père est souvent difficile, mais ces moments de complicité adoucissent toutes les peines du monde.

« Une demi-botte de foin puisqu'on ne doit regarder que dans les chromosomes qui viennent de la maman de maman.

– On va se pencher sur la question... »

Je viens de recevoir le kit de récolte d'ADN que j'avais commandé. Mais pour quel type de test opter ? Les laboratoires privés américains ne fournissant les résultats qu'au bout de deux mois, j'ai choisi de m'adresser à EasyDNA qui promet une réponse en cinq jours. Hélas, la firme située à Braine-l'Alleud se cantonne dans des recherches spécifiques, probablement les plus populaires et donc les plus rentables. Emmanuel et moi nous trouvons face à des tests de paternité, d'infidélité ou d'ascendance auquel, malgré mon insistance, il ne veut pas se soumettre pour lui-même.

Comme suggéré en bas de la page d'accueil, je décide de tchater avec un employé. Après quelques explications, celui-ci me propose un *profil génétique* à la carte le plus large possible, suivi d'une analyse comparée, basée sur cent mille autres profils auxquels EasyDNA a accès. Alors qu'en 2002, le séquençage complet du génome humain a coûté près de quatre millions de dollars, je pourrais obtenir ces résultats pour la modique somme de mille euros. Plus exactement, *999 euros toutes taxes comprises*, montant loin d'être modique pour un ouvrier couvreur !

« Salut, les hommes. Qu'est-ce que vous complotez ? »

Ève apparaît, ébouriffée après un profond sommeil.

« Tu as fait une bonne sieste ?

– Comme un chacal après son repas.

– Si tu n'as rien mangé ni bu, viens… C'est le moment de prélever ton ADN. »

Ma femme s'approche tandis que je libère le coton-tige du kit.

« Frotte-le bien et longtemps contre tes gencives. »

Amusée, Ève s'exécute, puis me tend le testeur que je visse dans le tube contenant du liquide de stabilisation. Il ne me reste qu'à glisser l'ensemble dans une enveloppe timbrée. Emmanuel se marre :

« Voilà, le tour est joué !

– T'es bien mignon de te soucier de mes gènes… Mais tu m'aiderais mieux en passant l'aspirateur dans ta chambre !

– Je suis fatigué ! Je n'ai pas envie.

– Vous me pompez, tous les deux ! Il n'y a plus que votre enquête qui compte, l'important, vous vous en foutez. Ta chambre est un bordel. Envie ou pas, tu files la ranger et puis aspirer. Ouste ! Et n'oublie pas de changer les draps. »

Mi-bousculé mi-ébahi, je regarde Ève. En petite culotte et tee-shirt à cochonnets roses, elle époussette nerveusement ses œuvres encadrées et accrochées au mur. Je me bouge pour aller nettoyer la cuisine.

« Et, au fait, le docteur Woest a sonné tout à l'heure. Je suis bien enceinte et notre bébé a déjà la taille d'une graine de grenade. Donc, les gars, si vous ne voulez pas que je dégoupille, faudra m'aider dans le ménage… »

Premier croissant de la deuxième lune

Après une semaine, EasyDNA me contacte. Je pourrai rencontrer aujourd'hui un spécialiste qui m'aidera à déchiffrer les résultats du test génétique.

Dès la sortie de l'école, Emmanuel monte dans notre Dacia Sandero et nous filons vers Braine-l'Alleud. J'ai l'intuition que sa présence encouragera le généticien à parler clairement, sans nous égarer.

« Bonjour, monsieur Lelièvre.

– Voici l'autorisation signée de mon épouse qui n'a pas souhaité nous accompagner, notre fils Emmanuel et moi.

– Bien ! Analysons son dossier ensemble. »

Jeune et sympathique, le biologiste m'inspire confiance. Il me tend une chemise cartonnée d'où je sors une dizaine de feuilles couvertes de chiffres et de graphiques.

« Du point de vue médical, nous n'avons décelé aucune prédisposition génétique à certaines maladies connues, qu'elles soient cardiovasculaires, cancéreuses ou immunitaires.

– Comment déterminez-vous ça ?

– Nous nous sommes focalisés sur les zones du génome humain réputées pour présenter de fréquentes variations, dont certaines prédisposent à une pathologie spécifique.

– Pas de bugs ?

– Pas de bug, comme vous dites. »

Emmanuel semble déçu. Sans doute avait-il placé beaucoup d'espoir dans cette analyse. Soit Ève souffre de mutations rares dont la trace génétique se cache ailleurs, soit elle n'a pas hérité de la maladie de ses ancêtres, soit ces drames en série résultent d'une remarquable coïncidence.

« La page 4 concerne l'ADN mitochondrial qu'on appelle aussi ADNmt. Vous connaissez ?

– Oui, c'est un autre ADN que celui des chromosomes. Tu te rappelles, Emmanuel ? La carte mémoire en cercle. »

Sans mot dire, mon fils retourne une feuille du dossier, prend son bic quatre couleurs et trace des paires de C-G, A-T en forme d'anneau. Notre interlocuteur semble ébahi :

« Tu as l'air drôlement calé sur la question ! Si mon gamin pouvait se passionner comme toi pour autre chose que ses Pokemon, je serais ravi. Qu'est-ce que tu veux faire plus tard ?

– Trouveur.

– … C'est un beau métier, trouveur. Bien mieux que chercheur !

– Je sais. »

Pris au jeu, le biologiste profite du croquis d'Emmanuel pour synthétiser son savoir.

« Les mitochondries se baladent hors du noyau. Ce sont des genres de piles électriques mobiles qui produisent de l'énergie et rendent la cellule autonome. Lors de la fécondation, les mitochondries du spermatozoïde sont détruites. Elles proviennent donc uniquement de l'ovule et ne sont transmises que par la mère.

– Alors, maman les a reçues de sa mère. »

Tout en garnissant son cercle de lettres rouges, noires, vertes et bleues, mon fils vient de lâcher cette évidence : la maladie d'Ève dérive peut-être de l'ADNmt de ma belle-mère morte en couche.

« Se peut-il que l'ADN mitochondrial génère certaines pathologies ?

– Oui ! Mais elles sont rares. Nous analysons surtout cet ADN pour pister l'histoire évolutive de nos ancêtres féminins. Leurs gènes mutent facilement et l'intérêt réside dans leur variation commune. Vous comprenez ?

– Un peu.

– Par exemple, en comparant celui de votre femme à celui de milliers d'autres humains, nous constatons qu'elle possède un grand pourcentage de variations communes avec les populations du nord de l'Europe. Habituellement, la lignée féminine d'un individu a des origines plus diverses. Or, dans son cas, les chances d'avoir des ancêtres africains ou asiatiques sont minimes. Je ne peux pas vous en dire plus. Il ne s'agit que d'une approche statistique. »

Un silence s'installe. Notre interlocuteur feuillette longuement le dossier tandis qu'Emmanuel parachève son dessin.

« Les trois dernières pages concernent quelques contrôles annexes de l'ADN nucléaire. Je ne vois rien d'anormal excepté ce chiffre de 5,7 % !

– Dites-moi…

– Le génome nucléaire de votre femme possède presque six pour cent de gènes hérités de l'Homme de Néandertal. C'est beaucoup. »

Devant mon regard perplexe, le scientifique se lance dans une explication sur un sujet qui visiblement le passionne.

« Il y a trente mille ans vivait encore en Europe une race d'humains aujourd'hui éteinte : notre homologue l'Homo neanderthalensis.

– Je me rappelle vaguement avoir étudié ça à l'école. L'Homo sapiens l'a remplacé.

– Effectivement. Eh bien, on a découvert que tous les Hommes modernes européens avaient hérité d'un à trois pour cent des gènes du Néandertal.

– C'est incroyable !

– Contrairement à ce que les paléontologues pensaient, le Sapiens et le Néandertal se sont métissés à un moment donné de leur histoire. Et la séquence génétique néandertalienne ne s'est pas totalement diluée dans celle des Hommes modernes qui étaient pourtant plus nombreux. L'explication en est simple ! Rare ou pas, le métissage agit comme la coloration de l'eau. Même quand le liquide est en pleine expansion, toutes ses gouttelettes se colorent un peu. Si la majorité de la population européenne possède trois pour cent de *bons* gènes néandertaliens, ceux-ci seront conservés. Vous et moi, nous avons en nous quelque chose de l'Homme de Néandertal.

– Et ma femme plus que les autres, c'est ça ?

– Elle sort vraiment de la moyenne. Allez savoir pourquoi !

– Ce taux élevé constitue-t-il un danger ?

– Face à chaque situation familiale ou médicale parfois très compliquée, nous sommes obligés de garder notre réserve et de nous en tenir aux conclusions de nos analyses. Je ne suis malheureusement pas en droit de les extrapoler. »

Cette phrase, qu'il a dû répéter des dizaines de fois à des interlocuteurs en détresse, me paralyse. Je ne supporte pas la contrariété, aussi minime soit-elle. Le biologiste m'apparaît beaucoup moins sympathique et m'ôte toute envie de poursuivre l'entretien.

« En résumé, votre femme ne présente aucun risque connu de maladie génétique, ses ancêtres sont en très grande partie originaires du nord de l'Europe et elle possède un haut taux de gènes néandertaliens. Avez-vous d'autres questions ? »

Sur le chemin du retour, le trafic dense me crispe. Mon brave petit gars tente de me détendre.

« Alors, papa, on l'a dans le cul ? »

Je pouffe ! Depuis quelque temps, le petit lâche les gros mots entendus à l'école sans en mesurer la portée, comme si les proférer le faisait paraître plus âgé.

« Tu as raison, on n'avance pas vite. Mais ce n'est pas nécessaire d'être grossier pour autant !

– Qu'est-ce qu'on va faire ?

– Acheter un nouveau kit et envoyer la salive de maman aux États-Unis… J'ai lu que l'entreprise 23andME examinait un très grand nombre des zones hypervariables du génome. En plus, ils fournissent l'analyse complète qu'on peut télécharger sur une clef USB. Peut-être pourrons-nous réutiliser ces données un jour.

– Génial !

– Ça va encore douiller, tout ça. »

Alors que je peste contre ce fructueux business des tests génétiques, Emmanuel poursuit…

« Tu m'expliqueras ce qu'il a dit le monsieur ?

– Pour les Homo sapiens et neanderthalensis ? Bien sûr ! En attendant de recevoir les résultats des États-Unis, nous allons suivre cette nouvelle piste… Celle de nos très très lointains ancêtres. »

Nous nous sourions. L'irradiation d'une intelligence partagée me bouleverse toujours un peu.

Deuxième pleine lune

Dimanche matin. Un mince rayon de soleil caresse le corps d'Ève sur notre lit. Je sors de la douche et m'arrête, bouche bée, cœur battant.

Mon émotivité beaucoup plus intense, profonde et durable que la normale explique probablement pourquoi je désire à ce point ma femme. Nous vivons ensemble depuis treize ans et chaque fois qu'elle passe près de moi, mon bas-ventre se contracte et mes doigts tremblent.

Combien d'hommes ne voient-ils pas leur ardeur se faner avec habitude ? Même si ma personnalité frôle l'anomalie, je ne suis pas mécontent de celer en moi ces fragments de mystère et d'intarissables découvertes.

La lumière glisse de biais, du sein à l'aine, inondant son ventre tiède. J'ai envie d'elle, de la toucher, de la respirer, de l'entendre gémir… Et alors que je m'avance pour poser mes lèvres, elle se lève avec grâce et file à la salle de bain. Juste le temps d'apercevoir sa pleine lune, j'ai un peu mal au cœur de l'imaginer indifférente à mon émoi.

Dans notre salon, ses lunettes rondes sur le nez, Emmanuel s'applique à un puzzle de 500 pièces représentant *L'Expédition d'Égypte* de Léon Cogniet. Le percolateur émet ses derniers borborygmes tandis qu'en chantonnant, mon gamin tente de placer divers éléments autour du visage de Napoléon Bonaparte. À pas de chat, je m'approche, l'embrasse sur le front puis me sers un café. Avant d'accueillir une première chaleureuse lampée, j'en respire le fumet épicé et rêvasse un peu…

Depuis une semaine, nous nous sommes attachés à situer nos *néo*-ancêtres néandertaliens dans le contexte de l'évolution humaine et ce que nous avons appris est troublant : l'existence en Ève, en moi et probablement chez Emmanuel, de quelques gènes d'une autre espèce que la nôtre.

L'ADN mitochondrial se caractérise par des variations rapides et constantes. Dès que les chercheurs seront parvenus à l'extraire de tous les fossiles humains, il deviendra un matériel de choix pour évaluer l'âge des milliers de restes trouvés. Ainsi, nous avons découvert, mon fils et moi, que les premières traces de l'Homme de Néandertal datent de quatre cent mille ans.

« C'est beaucoup ? »

Sans repères, les grandes valeurs ne signifient rien. Mais si on s'amuse à diviser les dates par mille, on prend conscience que le début de notre ère remonte à « seulement » *2 mille* ans quand Néandertal a vécu de *400* à *30 mille* ans dans le passé, notre représentation mentale devient plus concrète.

« Et les premiers hommes, ils datent de quand ?

– L'Afrique a vu apparaître l'Homo habilis vers –2.300.000, c'est-à-dire *-2.300 mille* sur notre échelle. Puis l'Homo erectus en *–1.800 mille* et enfin l'Homo sapiens dès *–300 mille*.

– Ils viennent tous d'Afrique ?

– Ces trois-là, oui. Mais d'autres espèces d'hommes ont existé, résultant de l'évolution des premiers et du croisement de toutes ces lignées.

– Je ne comprends pas.

– Par exemple, l'Homo neanderthalensis descend de groupes d'Homo erectus qui se sont installés en Europe.

– –300 mille, *–1.800 mille, –2.300…* »

Mon fils ne m'écoutait plus. Fasciné par ces notions, il dessinait une ligne du temps pas du tout proportionnée afin de situer les quatre sortes d'humains dont nous venions de parler.

« Oui, c'est ça… Habilis, Erectus, Sapiens. Et entre les deux, le Néandertal qui a disparu en *–30 mille*. Aujourd'hui, il ne reste plus que des Sapiens sur Terre. Huit milliards de Sapiens.

– Et avant les hommes ?

– Avant l'Homo habilis ? C'étaient les australopithèques, considérés comme des singes.

– Pourquoi c'était des singes et pas nous ? »

L'interpellation m'a fait réfléchir. Au moment des premières découvertes paléoanthropologiques, la pensée judéo-chrétienne attribuait à l'humain une essence divine et les savants se devaient de déterminer le moment clef où le singe était devenu homme. Mais finalement, on s'en fiche !

« Tu as raison, nous sommes tous des êtres vivants et les humains ne sont que des singes un peu différents des autres singes. »

J'observe mon fils construire son puzzle, n'osant pas lui demander pourquoi il a choisi ce thème fantasmé proche de ses origines égyptiennes. À mon tour, j'entretiens le non-dit, préférant rêvasser de mon *trouveur* à l'âge adulte, devenu celui qui reconstitue le puzzle de notre évolution et qui remet en question les hypothèses actuelles…

« On joue aux devinettes ? »

Depuis quelques jours, Emmanuel n'a qu'une idée en tête, jouer aux questions-réponses sur ce que nous avons appris lors de nos investigations. Le premier collé perd un point. Il me fatigue !

« Si tu veux ! Mais juste un peu… Tu prendras ta douche après maman.

– Yes ! »

À ce jeu, souvent il gagne. Car, bien que possédant un moindre bagage culturel que moi, il compense par une excellente mémoire. Il commence…

« Cite-moi les deux premières espèces d'Hommes. Et pourquoi leur nom ?

– Homo habilis parce qu'il avait quatre mains comme des singes. Il était donc très habile. Homo erectus parce qu'il marchait sur deux pieds. Il s'est érigé.

– C'est ça.

– À moi : comment qualifie-t-on un être vivant qui tient sur ses deux pieds ?

– *Dipied* ?

– Bipède. Je gagne un point. »

Il rougit, s'énerve et s'agite sur sa chaise, plutôt mauvais perdant :

– Avantages et désavantages d'un bipède ?

– Il grimpe moins bien aux arbres, mais il voit plus loin. Il marche longtemps en dépensant moins d'énergie et ses mains sont libres de porter une arme. Il devient un très bon chasseur. Est-ce que l'Homo erectus aurait apprivoisé le feu ?

– Oui, vers *500 mille* ans ! Attends, encore une question… Taille moyenne des Habilis et Erectus ?

– Je ne sais pas.

– L'Habilis mesurait autour d'un mètre trente et l'Erectus, un mètre soixante. Je t'ai eu ! Égalité ! »

Ève apparaît dans son déshabillé gris foncé, mettant fin à notre jeu.

« Nous avons un nouveau curé à la paroisse qui ressemble à un personnage de Fra Angelico. Dépêchons-nous de déjeuner, je ne voudrais pas être en retard à la messe.

– À la douche !

– J'irai après…

– Tu vas maintenant. Et vite ! »

Alors que les tartines grillées craquettent sous ses dents affamées, j'observe ma femme et cherche quelques traces ancestrales dans ses traits. Se peut-il que son visage abrupt conserve un peu du métissage dont elle est issue ?

Au cours des millénaires, l'Erectus installé en Europe a évolué en Néandertal tandis que l'Erectus d'Afrique a évolué en Sapiens. Et lorsque les Sapiens sont eux-mêmes arrivés chez nous, ils ont rencontré les Néandertaliens et se sont parfois accouplés. D'une de ces unions allait naître l'ancêtre d'Ève qui possédait peut-être déjà quelques-uns de ses traits ou de ses mutations génétiques.

Dernier croissant de la deuxième lune

Ce mercredi après-midi, j'ai pris de nouveau congé. Emmanuel et moi avons décidé de nous rendre au Musée des Sciences naturelles à Bruxelles.

Dans le train quittant Namur, mon fils regarde défiler le paysage sans m'accorder un sourire. Sa distance et sa froideur me blessent. Sans doute est-il fatigué de notre quête. Ou, lunatique, a-t-il besoin de s'enfermer dans sa bulle. D'où me viennent ces pincements au cœur ?

Mais à l'arrivée, alors que nous filons vers la Galerie de l'Homme, l'humeur de mon petit homme change du tout au tout.

« Regarde ! »

Une grande affiche nous interpelle. Sur la représentation d'un improbable portrait de famille – *La Lignée humaine* –, nous observons nos nouveaux amis hominiens comme s'il s'agissait d'une ancienne photo de classe, reconnaissant Lucy l'australopithèque ou l'Homme de Spy, roux aux yeux bleus. Les femmes et les hommes sont de trois quarts face. Ils contemplent notre propre avenir.

« Tu as vu comme elle est poilue, Lucy ? Et c'est qui la blanche, là ? »

Je considère l'ensemble… Ils ont tous la peau sombre, excepté le Néandertal et la ravissante Denisova, née en Asie à peu près à la même époque que lui.

« Tu as raison, deux ont la peau claire. Ils descendent sûrement de populations qui ne vivaient pas dans les régions ensoleillées d'Afrique. »

Ils sont sept dont l'Habilis et l'Erectus que nous connaissons déjà. Le Sapiens à la peau foncée n'occupe pas une place centrale, suggérant que les Hommes modernes ne sont pas un aboutissement de l'humanité, mais appartiennent comme les autres à une sous-espèce de la lignée toujours en évolution.

« On y va ? »

Ému de me réapproprier sa complicité, je tends la main à mon fils, qu'il prend sans y prêter attention. Après quelques pas, nous découvrons, réunis, tous les frères et cousins de l'Homo sapiens, le seul hominien encore en vie depuis *30 mille* ans. L'ensemble, agencé en entrelacs, souligne l'aspect non linéaire de l'humanité. Les grandes migrations et les mélanges de populations très divergentes ont forgé notre *lignée* qui n'est pas une branche d'arbre, mais un arbuste buissonnant d'espèces hybrides et presque toutes éteintes. Nous sommes le métissage de tant de sous-espèces humaines que je me sens pris d'un sentiment d'infini mêlé à une profonde reconnaissance envers ces êtres représentés à taille réelle.

Les musées sont essentiels pour la société. Ils nous initient à l'art et à la création. Ils témoignent du patrimoine universel et conceptualisent la pensée. Une société sans lieux consacrés à la culture serait à l'image d'une civilisation sans passé et sans âme.

« Ça ne va pas ? »

Je titube un peu, puis m'assieds, l'esprit emporté dans un vortex nauséeux.

« Je ne me sens pas bien, tu peux avancer sans moi ? »

Pendant qu'Emmanuel découvre les restes fossilisés, les outils et les parures de nos ancêtres, je retrouve des couleurs et du sens à mes actes. Hormis le plaisir d'apprendre et de comprendre, pourquoi suis-je ici ? Pour Ève bien sûr, pour chercher l'indice qui nous aidera à lui sauver la vie. Mais aussi pour me donner l'impression d'agir, pour décharger ma conscience au cas où se produirait l'impensable, et pour combler l'attente, la terrible attente face au temps qui passe et aux lunes qui circonvolutionnent sans rien lâcher de concret.

Ressaisi, je rejoins mon fils qui s'amuse à se comparer à chacun des quinze humains reconstitués en trois dimensions : plus grands, moins velus, aussi musclés. Le jeu nous enchante. Quelle exaltante sensation de nous sentir si proches de ces témoins de l'évolution rencontrés sur les sentiers ramifiés de sept millions d'années !

Tandis qu'Emmanuel plonge son regard dans celui d'un Habilis, j'observe longuement le visage d'une Néandertalienne, les sourcils saillants, l'absence de menton, traquant des ressemblances avec la femme de ma vie. Où cette quête me mènera-t-elle ?

Une demi-heure avant la fermeture, nous découvrons la deuxième pièce où l'émotion fait place à l'analyse. Mais l'une et l'autre, complémentaires, ne favorisent-elles pas la réflexion ? Dans cette zone, nous étudions de manière interactive quatre adaptations de l'homme au cours du temps. La bipédie et l'aspect des mains nous intéressent beaucoup plus que l'évolution des dents ou du cerveau. Ordinateurs, scénographie et projecteurs aident à comprendre les différents stades de ces transformations qui nous ont amenés aujourd'hui à devenir ces deux êtres, père et fils, capables de manipuler une souris ou de concevoir ce que nos parents nous ont légué.

« Messieurs-dames, le musée ferme dans 15 minutes. Dames en heren, het museum sluit binnen een kwartier. »

À la maison, je retrouve ma femme plongée dans le dernier Xavier Pépillou. Sur la table nous attend un pain sept céréales trouvé à *La Petite Boulangerie* du coin de la rue Basse Marcelle. Ève sourit, profitant de notre retour comme d'un bruit de fond rassurant. Garnies de beurre allégé et de quelques languettes de noix d'Ardennes, les tartines contentent mon fils tandis que je préfère le maredsous. Existe-t-il meilleur repas du soir qu'une bonne tranche de pain belge au fromage ?

Une fois le petit couché – avec difficulté –, et alors qu'Ève se douche, je consulte mes mails. 23andME me saute aux yeux ! J'ouvre et mobilise mes faibles notions d'anglais pour déchiffrer le message m'autorisant à télécharger l'ADN complet de ma femme grâce à l'hyperlien et au code associé. Leur rapport d'analyse se trouve dans un fichier joint. En deux temps trois mouvements, *Google traduction* reçoit le contenu du document copié-collé page par page. Et tandis que je parcours avec avidité le baragouin français, Ève sort de la salle de bain.

« J'ai reçu un mail des États-Unis, des nouvelles de toi ! »

Elle s'approche et colle doucement son ventre en forme de croissant de lune contre mon visage :

« Tu imagines ? Il a déjà la taille d'un haricot ! »

Snobant l'annonce, je dépose ma main sur ses fesses et nous lisons ensemble le compte-rendu, dans le silence monastique de sa grossesse solitaire et de mon envie de savoir.

« Rien ! Sur les sept cent mille régions variables de ton ADN, ils n'ont rien trouvé de spécial. Aucune anomalie, aucune maladie !

– Tu as l'air déçu.

– J'attendais une piste, un début de réponse. Tu es enceinte de deux mois et on n'avance pas ! Ils confirment tes six pour cent de gènes néandertaliens, mais n'y décèlent aucune mutation particulière.

– Aïe ! »

Mon visage mal rasé vient d'érafler la peau de son ventre. Ève s'écarte, allume la télévision et s'installe dans le fauteuil sous un plaid en cachemire. Un profond sentiment d'être rejeté me terrasse alors qu'il ne s'agit pour elle que d'exprimer un agacement fugace.

« Tu viens près de moi ? »

Je souris, soulagé :

– Attends ! Ils ont comparé ton ADN mitochondrial avec les gènes de fossiles d'Homo sapiens. Et les tiens proviennent presque exclusivement des WHG, les *Western Hunter-Gatherers* !

– Ton anglais est délicieusement mauvais, mon chéri.

– Si je comprends bien, il s'agit d'une population à la peau foncée et aux yeux bleus qui se trouvait déjà dans nos contrées il y a *40 mille* ans. Les premiers Sapiens installés ici. Ça confirme le seul indice intéressant du labo de Braine-l'Alleud, ton génome possède un grand pourcentage de variations communes avec les populations d'Europe occidentale. Tu m'écoutes ?

– Tu as donc épousé une vraie figure locale. Une chasseuse-cueilleuse de l'Ouest ! J'en suis très heureuse…

TROISIÈME LUNE

La rêverie est le clair de lune de la pensée.
Jules Renard

Troisième nouvelle lune

« Tu sais que depuis quelques jours je ne supporte plus l'ail et la menthe ?

– Caprice de femme enceinte ! Essaie l'oignon et l'aneth…

– Rigolo ! Si tu veux encore m'embrasser, t'as intérêt à utiliser un nouveau dentifrice.

– Je m'incline. Que ne ferais-je pas pour un baiser d'Ève ! »

Cet après-midi, nous nous sommes rendus chez le gynécologue, un homme rougeaud et jovial. Lorsque, sur le moniteur, il nous a montré en trois dimensions le fœtus de la taille d'une cerise, j'ai détourné les yeux. Ces premiers battements de vie étaient trop impressionnants. Pas pour ma femme, qui n'a pas manqué une seule pulsation de ce petit cœur battant, qui la plongeait dans un profond ravissement.

Après ce moment de joie suspendue, le docteur nous a fait part des résultats – bien sûr infructueux – de l'analyse génétique officielle. Cette enquête piétine et m'énerve. Je m'essouffle dans une course contre le temps dont je semble être le seul concurrent.

« Apporte-moi mon oreiller, je l'ai oublié dans le salon ! »

Une fois glissé sous la couette, mon corps se fond contre le dos, les fesses, les cuisses d'Ève. Chaque millimètre carré de contact renforce cette sensation de bien-être autant qu'une injection de dopamine. Depuis que nous vivons ensemble, ces caresses du soir font partie du rituel auquel je ne pourrais déroger sans ressentir une détresse insupportable.

« Oui, là ! Masse-moi un peu le sacrum, je suis toute contractée…

– Il est bizarre ton gynéco, non ?

– Je l'aime bien, il m'amuse. Quand je sors de chez lui, je me sens bien.

– En effet, il se fout complètement du risque que tu cours. Tu ne le paies pas pour "t'amuser", que je sache ! Et puis t'as vu sa tronche de gnome ? Il ne serait pas un peu vicieux, en plus ?

– Jaloux ! »

Je ne réponds rien, mon pouce gauche s'appliquant à soulager les cinq petites vertèbres sacrées. Ève a raison, je suis jaloux de ce type qui s'occupe de l'intimité de ma femme en la faisant rire. Et là, en ce moment, je me trouve nul.

« Bonne nuit, je suis fatiguée. »

À ce moment charnière du jour et de la nuit, un seul mot suffit à illuminer le noir ou assombrir mon étoile. Et là, sans raison ou pour maintes raisons, je sue, tremble un peu, lance une bouée à la mer de mes songes :

« Repose-toi bien, ma belle.

– Reste collé à moi, j'ai froid... »

L'expression plus que le ton employé me sauve des eaux fangeuses et libère mes pensées...

Comme souvent avant de m'endormir, je récapitule mes devoirs d'enquête de la journée. J'ai bien assimilé que lors de la duplication des cellules, l'ADN se retranscrit et que, malgré les mécanismes de contrôle et de correction, les copies ne sont jamais parfaites. Les petites erreurs – appelées mutations – sont naturelles et hasardeuses. Mais elles assurent aussi l'adaptation à l'environnement puisque... L'environnement puisque... Puisque...

Dans un soubresaut musculaire, je réveille Ève qui gémit et me repousse. Son réflexe me projette du côté de l'insomnie et des pensées chagrines. Le bruissement de son sommeil m'insupporte, je la maudis, m'accroche à mon analyse... Ah oui ! Les mutations conservées par l'espèce sont neutres ou le plus souvent positives puisqu'elles lui permettent de survivre et de s'adapter, tandis que des mutations profondément négatives génèrent des maladies mortelles qui par la force des choses ne se transmettent aux descendants que si elles leur accordent une survie jusqu'à la procréation.

Les indices relevés me font soupçonner que ma femme recèle quelques erreurs de transcriptions sur des gènes hérités de ses ancêtres néandertaliens. Mais tous les gènes n'ont pas une fonction directe spécifique. Certains semblent inactifs et leur rôle n'est pas défini. On les dit « non codants », puisqu'ils ne sont pas associés aux fonctions vitales. Et près du feu où elle se trouve, je vois Ève dévorer de la viande de mammouth à peine cuite tandis que plus loin, Emmanuel reproduit plusieurs fois sur les parois du fond, le même ours stylisé, rougeaud et jovial. Les lampes à la graisse animale dansotent au rythme d'envoûtantes mélopées, et grrr, grrr, grrr ! À l'entrée, des hyènes en meute nous menacent, les canines retroussées, ricanantes. Rrrr, Rrrr, Rrrr !

Ses ronflements m'arrachent du cauchemar dans lequel j'étais tombé. J'ouvre les yeux. Pas d'hyènes, juste une nuit de printemps dans notre chambre à Namur.

Après un tour discret aux toilettes, je me recouche et reprends mon raisonnement là où l'endormissement l'avait mis en pause. La science ne permet pas encore de comprendre la fonction des gènes non codants ou comment un événement, l'accouchement par exemple, pourrait déclencher un processus, une sorte de réaction en chaîne à partir du gène fautif. Dans quelles conditions et dans quel environnement la mise au monde d'Ève s'est-elle passée, ainsi que celui de sa maman et de sa grand-mère ? Dans la région dont elles sont originaires, des phénomènes particuliers peuvent-ils activer un dysfonctionnement ? Alors, écartant les charognards de quelques rires gras, son gynécologue apparaît dans la nuit, entrouvre les cuisses de ma femme, glisse ses mains, sa tête, son corps et disparaît… puis revient en ricanant, les bras tendus, pour me présenter un bébé velu et laid, dans une euphorie qui m'excède. Je m'empare de l'enfant et lorsque je veux le montrer à sa mère… Elle baigne dans une mare de sang. Aaaah ! Je crie.

« André ! Qu'est-ce que tu as ? »

Haletant, en sueur, je reprends mes esprits. Les images sanglantes de mon rêve dégoulinent encore, gluantes, sous mes yeux. Et ce ricanement, j'en suis malade. Ma femme se retourne avec difficulté vers moi, dépose sa main sur mon visage, je m'apaise :

« On devrait analyser l'ADN de tes parentes, de ton arrière-grand-mère, par exemple.

– Laisse-moi dormir… »

Premier croissant de la troisième lune

Le ciel est dégagé et la lumière de la lune en son premier croissant nous permet de voir dans la nuit sans nous faire remarquer. Cela fait une semaine que nous préparons, Emmanuel et moi, l'exhumation de quelque reste osseux d'une ascendante d'Ève. Ce que mon fils appelle « exploration archéologique » est pour la loi une profanation, acte de vandalisme sur une tombe passible de minimum un an d'emprisonnement et de quinze mille euros d'amende.

« On y va ? »

Je n'ai pas parlé de ce risque à Emmanuel et, le temps étant compté, j'ai décidé de ne pas entamer de démarches complexes auprès des autorités judiciaires pour obtenir une expertise génétique *post mortem*.

« Trois, deux, un, partez ! »

Drillés par les vidéos YouTube et par un plan minutieusement préparé, nous sortons de la voiture sans claquer les portes, prenons le *box* et les sacs sombres remplis de matériel, puis nous dirigeons vers la sépulture que j'ai découverte deux mois plus tôt. Mon petit bonhomme porte une grande salopette à capuche et des gants de travail. S'identifiant à Denver, son héros Netflix de *La casa de papel*, il me suit à pas de loup jusqu'au caveau de la famille Nitelet – Timsonet, situé entre les tombes d'Hastir Verdin et d'Elias Hubert Collignon :

Gustavine Timsonet 1899 - 1923
Albert Nitelet 1897 - 1943
Marguerite Nitelet 1923 - 1947

Marguerite – la grand-mère d'Ève – est décédée après son père. Son cercueil a dû être descendu en dernier, dans la plus haute des trois cases superposées. Emmanuel est dans la peau de son personnage, prêt à l'action :

« Pourquoi tu me regardes comme ça ?

– T'es trop mignon dans ton déguisement.

– Qu'est-ce que tu racontes, t'es con ?

– Sois poli, s'il te plaît ! »

Depuis quelques semaines, Emmanuel ne supporte plus que je ne le prenne pas au sérieux. Il grandit trop vite.

« Allez, commence ! Qu'est-ce que t'attends ? »

J'hésite encore à commettre ce sacrilège tandis qu'il monte les quatre piliers en alu et dispose une bâche en plastique vert foncé qui nous protégera un peu des regards. Il est deux heures du matin, pas un chat pour nous épier, pas un humain pour me juger. J'ai parfois le sentiment d'une grande impuissance face à mes choix, d'une pression telle que je ne puis agir et penser librement. Nous sommes la combinaison de tant d'éléments déterministes, les gènes, l'éducation, la société, les événements de notre vie…

Pourtant, certains d'entre nous possèdent l'incroyable talent de s'affranchir de ces contraintes. Aujourd'hui, je me veux de ceux-là :

« Allons-y ! »

Je m'affaire à lever chaque coin de la pierre tombale avec un pied-de-biche et à y glisser les cales tandis que mon gamin monte les deux rails. Nous les plaçons sous les extrémités de la dalle et fixons quatre dispositifs à roulettes. Il ne reste plus qu'à consolider le cadre avec des trépieds de bois. L'installation est impeccable. J'enlève les cales et dépose délicatement la pierre sur les roulettes. Moi en MacGyver, lui en Denver, nous sommes prêts. Mais alors que nous allons faire coulisser le couvercle de granit, Emmanuel m'arrête :

« J'ai peur que ça explose !

– Qu'est-ce que tu racontes ?

– Les corps. Il paraît qu'un mort, ça fait des gaz et que ça peut exploser.

– T'inquiète, il n'y a aucun risque, ici.

– C'est la tête qui éclate ?

– Glisse la dalle ! On n'a pas de temps à perdre.

– Mais je veux savoir, je veux comprendre, je veux…

– Je me renseignerai. Mais la grand-mère de maman est morte depuis plus de septante ans, il ne doit plus avoir beaucoup de gaz. »

Alors que le caveau s'entrouvre sous notre poussée parallèle, un rayon de lune s'insinue jusqu'aux restes de Marguerite Nitelet.

Quelques morceaux du cercueil en châtaignier subsistent, mais surtout des os profanés par la lumière, et par mon regard plus angoissé que curieux.

Voilà donc ce que je serai, un tas d'ossements qui se décomposent au fond d'un trou. Les saisons se renouvellent, la lune vit son cycle et nos corps redeviennent poussière.

« Donne-moi la main, j'y vais… »

Une des dalles du vide sanitaire qui devait se situer sous nos pieds s'est écroulée, expliquant l'accès direct sur la sépulture de Marguerite. Emmanuel descend, se pose sur le côté :

« Je vois des flammes, j'entends des bruits secs, des tirs, ça va exploser !

– Moins fort, on va se faire repérer. »

Puis plus rien. Que ses cris étouffés, son souffle court, l'angoisse qu'il essaie de contenir, la panique dont je ne comprends pas l'origine.

Après quelques interminables minutes, il me tend la main :

« Passe-moi les affaires, je prends quoi ?

– Ce que tu veux, un seul os. Long, mais pas trop grand quand même ! »

Trop troublé pour regarder mon fils au fond de ce trou, je l'entends tripatouiller le squelette. Il est archéologue, je suis vandale. Dans le sac que je lui ai donné, il a dû trouver des gants et un masque de chirurgien ainsi qu'une lampe frontale et les sachets étanches. J'ouvre le frigo-box, prêt à déposer l'humérus ou le cubitus qu'il va me tendre.

Dès le décès, les séquences génétiques du défunt se brisent et se dégradent lentement tandis que l'ADN des bactéries qui putréfient la chair risque de se mêler à celui de l'os humain. Sans parler de celui des insectes. Pour ne pas contaminer davantage le reste fossile par son propre ADN, Emmanuel soulève délicatement l'os choisi et le glisse dans un sachet aseptisé.

« Tiens ! Mets-le dans le frigo.

– Je le range, puis je t'aide à remonter.

– Papa, les dalles se bougent facilement. Si tu me donnes le pied-de-biche, j'écarte les os et je peux descendre à la case du dessous, et puis peut-être arriver plus bas jusqu'à… qui encore ?

– Gustavine… Gustavine Timsonet »

Je suis pâle, horrifié par cette éventualité de troubler le repos éternel de deux autres morts.

« Non, laissons-les ! Ne les dérangeons pas, ceux-là, ce n'est pas utile.

– Mais, papa ! Ils s'en foutent d'être dérangés. Et puis, s'il nous regarde de là-haut, tu ne crois pas qu'Albert aimerait savoir pourquoi sa femme et sa fille sont mortes ? »

Je ne comprends pas mon fils. Quelques minutes auparavant, il peinait à dompter une forme d'épouvante. Et maintenant, je le sens motivé par une inquiétante pulsion.

« Viens, remonte…

– Et maman ! T'as envie qu'elle meure et puis que son corps explose ? »

Il a crié à voix basse, il est en rage. Je n'ai jamais vu Emmanuel faire preuve d'une telle détermination. Ses grands yeux bruns reflètent l'astre lunaire et me fixent. Ils ne me supplient pas, non. Ils m'imposent.

Au bord du trou, assis, je ne pense plus à rien. Après une petite demi-heure, Emmanuel réapparaît et me tend un deuxième sachet. Nous refermons la tombe en silence, rangeons le matériel, effaçons toute trace et rejoignons la voiture.

Impossible de démarrer tout de suite, de supporter plus longtemps cette atmosphère macabre. Face à l'horreur de cet acte glauque, lui comme moi réagissons du mieux que nous pouvons, avec nos peurs, nos croyances, notre courage. Plus tard, nous en reparlerons…

Je me tourne vers lui, fixe son regard sombre.

« On a réussi, on est des pros ! »

Perdu dans l'entrelacs de ses émotions, il lâche un tout petit « oui ».

Sur le chemin du retour, l'autoradio passe *Lucy in the sky with diamonds* des Beatles, saupoudrant nos pensées d'harmonies rétro.

« Pourquoi on doit mourir ?

– Je ne sais pas… Tout disparaît un jour, de toute façon.

– Même la Lune ?

– Oui, et toutes les étoiles. Et aussi la Terre.

– C'est triste.

– Il n'y a rien à faire. Et je suppose que bien avant les planètes, les Hommes modernes vivront le déclin, et s'éteindront comme le Néandertal s'est éteint.

– Mais pourquoi l'Homme de Néandertal n'existe plus ?

– Les savants cherchent encore à répondre à cette question. Ils proposent des tas d'hypothèses. En tout cas, on est presque certain qu'il ne s'agit pas d'un génocide. Les Homo sapiens et neanderthalensis ont coexisté trop longtemps pour qu'on puisse concevoir que les uns aient tué tous les autres. Moi, je crois plutôt que deux espèces très proches ne peuvent pas vivre ensemble au même endroit. Regarde, l'écureuil gris d'Amérique a fait disparaître l'écureuil roux en Angleterre, simplement parce qu'il s'adaptait un peu mieux, qu'il se reproduisait un peu plus.

– C'est dommage.

– Mais le Néandertal n'a pas tout à fait disparu, il nous a laissé quelques gènes, et certainement les meilleurs. Il est toujours en nous.

– Et donc, moi ! Quand je mourrai, quand j'aurai explosé et que je ne serai plus que des os, peut-être que je vivrai encore quelque part ?

– Oui, sûrement. Dans l'ADN de tes enfants, et dans les pensées de tes amis, et mélangé à la terre que tu enrichiras. »

Emmanuel pleure sans bruit.

Troisième pleine lune

Pour son onzième anniversaire, j'offre à Emmanuel une excursion au parc animalier de Pairi Daiza, près de Mons. Pas de visite chez papy aujourd'hui.

« Un adulte et un enfant... Septante-sept euros, s'il vous plaît. »

Je tends ma carte bancaire. Avec le parking et nos repas, cette escapade pèsera sur mes économies qui, depuis deux mois, s'effritent. Encore la semaine passée, la nouvelle demande d'analyse génétique – celle de 23andMe – a rudement grevé mon budget « Enquête » ! Mais la vie de ma femme n'a pas de prix, ni la joie de mon fils.

Allons-y... Découvrons les différents « Mondes » de ce territoire magnifiquement agencé. Et pour commencer, dirigeons-nous vers Le Royaume du Milieu, là où depuis sept ans demeure et se reproduit le panda géant. Pairi Daiza s'est engagé dans la conservation des espèces menacées. Le panda, emblème du WWF, est un symbole fort de ce combat qui parle aux jeunes et les conscientise.

« Moi, je n'aime pas les animaux en cage. »

Par cette réflexion à la Schtroumpf grognon, Ève nous a signifié tout en se caressant le ventre qu'elle ne nous accompagnerait pas. Signe primordial de sa maternité, la récente apparition d'un petit bedon la rassure.

« Un être vivant doit être libre. Il n'a pas sa place ni dans un bocal ni au bout d'une laisse. »

J'ai eu beau lui expliquer que les zoos d'aujourd'hui n'ont plus rien à voir avec ceux d'antan, qu'ils sont devenus des vitrines pour la préservation de la nature et des centres de revalidation ou de sauvegarde de certaines espèces, rien n'a pu la persuader.

« Nous ne donnerons pas un centime pour financer les barreaux de cette prison de luxe. »

Depuis quelques semaines, Ève parle souvent d'elle à la première personne du pluriel. Dans une telle communion avec son futur bébé, elle associe la petite vie dans son ventre au moindre de ses actes. Dès son retour de la messe, elle s'est coupée de moi. Téléphone décroché et smartphone éteint. Je ne m'inquiète pas trop.

Après avoir dîné à la Maison des Saveurs, nous nous rendons à La Terre des Origines en flânant près des hippopotames. Je me sens toujours irrésistiblement attiré par l'espace donnant sous le bassin réservé à ces fameux herbivores. Eux qui, sur la terre ferme ou vaseuse, paraissent si lourdauds nagent avec une légèreté de ballerine. Fasciné par leurs cabrioles aquatiques, je passerais des heures devant la vitre souterraine à contempler les valseurs de quatre tonnes, leurs grands yeux rieurs et leurs énormes canines.

« On continue ?

– Attends encore un peu… J'ai l'impression qu'ils dansent pour moi.

– On va rater les girafes ! »

Emmanuel s'énerve et tambourine sur la vitre pour chasser le petit d'hippopotame qui retient trop mon attention. Le bébé nageur s'en balance.

« Et en plus, ce sont les animaux les plus dangereux au monde et les plus agressifs. Viens ! »

Nous arrivons en retard pour le nourrissage des girafes. Installés à six mètres du sol sur un mirador en bois, nous tendons les dernières ramures d'érable ou de saule que les gardiens nous ont confiés. Le petit tire la tête et jette le branchage.

« Elles n'ont même plus faim ! C'est mon anniversaire aujourd'hui, pourquoi t'as traîné ? »

Curieuses, les trois girafes s'approchent de ce petit bonhomme boudeur et conquièrent son cœur. Dans leurs yeux, je vois scintiller de la bonté qui convaincrait Ève d'un certain bonheur en captivité.

« Pourquoi elles ont un si long cou ?

– Parce qu'elles proviennent d'une région d'Afrique où leur seule nourriture se trouve dans les acacias. Elles se sont adaptées pour atteindre les plus hautes branches. »

Alors que la masse des touristes a déserté l'observatoire aux girafes, maintenant repues, nous nous asseyons sur le banc pour nous sustenter.

« Croc, croc ! »

Quelques M & M's aux cacahuètes font le bonheur de mon fils et nous réconcilient.

« Et comment le cou s'est allongé ?

– Je vais t'expliquer la sélection naturelle. C'est la base de toute l'évolution.

– Croc, croc !

– En général, si les parents sont grands, leurs enfants seront grands. Tu m'écoutes ?

– Mouais. Passe-moi l'eau…

– Depuis des milliers d'années, la taille de la girafe est hyper importante. Si elle est trop petite, elle n'atteint pas les arbres, elle n'a pas de quoi manger et elle meurt. Donc, ce sont les plus allongées qui survivent et qui font des girafons. Des bébés au long cou comme leurs parents. Ainsi, de girafon en girafon, le cou devient de plus en plus long. C'est la sélection naturelle. L'espèce garde les gènes les plus utiles. Tu comprends ?

– Je crois.

– Leur corps s'adapte. Enfin, je veux dire que si, après une mutation génétique, deux girafes sont différentes, celle qui est la mieux adaptée aura plus de chance de faire des petits qui auront intégré cette mutation.

– Ah, ouais. Croc, croc !

– Regarde maman ! Quand ses ancêtres sapiens ont quitté l'Afrique, ils ont rencontré le Néandertal. Ils ont fait des bébés ensemble et ceux qui avaient gardé par hasard les gènes néandertaliens utiles pour résister aux maladies du Nord se sont mieux adaptés. Donc, finalement, le Néandertal a aidé le Sapiens à se renforcer et à s'implanter en Europe.

– Comme si des girafes à cous courts avaient rencontré des girafes à cous longs.

– Si tu veux.

– Maman est en pleine forme, alors. Elle ne risque rien !

– Je ne sais pas. Apparemment, elle n'a rien de grave. Mais je crains qu'elle possède des gènes néandertaliens sans fonction précise qui pourraient déclencher une maladie lors de son accouchement.

– Il est presque trois heures et demie, on va rater les grands singes. »

Alors que nous atteignons le Volcan des Gorilles, un petit groupe de Japonais s'agite face aux baies vitrées intérieures. Deux primates regardent calmement les Asiatiques qui photographient, gloussent et grimacent. De toute évidence, l'humain n'est pas une finalité de la création ni l'objectif d'un Dieu tout puissant. Là, en cet instant, je ne sais vraiment pas qui observe qui. Et je me demande, de l'espèce en voie de disparition dont on a enfermé deux spécimens, ou de celle qui a payé plusieurs dizaines d'euros pour venir singer des gorilles, qui est la plus décérébrée ! Je devine ce qu'Ève me répondrait.

L'ADN des gorilles est à 98,4 % identique à celui des humains. En quoi serais-je supérieur à mon cousin hominidé ? Je suis en colère.

Nous flânons vers la boutique à souvenirs. Le gamin traînasse, ses baskets usent la caillasse.

« C'est loin la sortie ? Je suis fatigué ! »

Si un enjeu immédiat motive le déplacement de mon fils, il est le plus endurant des petits bonshommes. Cependant, quand il doit simplement marcher d'un endroit à un autre, il a « mal aux pieds ». Je m'efforce de le distraire :

« Tu sais. Je t'ai expliqué la sélection naturelle tout à l'heure. Un deuxième principe très important régit l'évolution : c'est la sélection sexuelle.

– Attends-moi, tu vas trop vite…

– Donne-moi la main. Supposons que pour faire un bébé, la maman choisisse toujours le papa à son goût. Donc, si un mâle ne plaît à personne, il ne sera jamais sélectionné, ne fera pas de bébés et ne transmettra pas ses gènes.

– C'est triste, ça.

– C'est la sélection sexuelle. Si la maman girafe préfère un mari qui a un long cou, ses enfants auront plus de chance d'avoir un long cou. »

Emmanuel marche d'un bon pas maintenant, réfléchissant à ce que je viens de dire.

« Mais, comment on fait pour bien choisir ?

– Ah, ça ! Les raisons du choix du partenaire restent un mystère. Mais souvent elles sont liées à l'esthétique, à ce qui l'attire physiquement. Ainsi, il semblerait que les Japonais ont les yeux bridés parce qu'à un moment donné de leur histoire, les hommes bénéficiant de la mutation génétique qui étire les paupières ont été considérés comme plus beaux. Et donc ils ont été choisis plus fréquemment que ceux qui avaient de plus grands yeux. C'est un bon exemple de sélection sexuelle.

– Sens ! La girafe en peluche, elle est trop douce.

– Combien elle coûte ?

– Vingt euros, je peux l'avoir ?

– C'est cher !

– Oh ! Regarde comme elle est belle… Et son très long cou, et ses yeux bridés. S'il te plaît ! »

Les sélections, naturelle et sexuelle, auront raison de moi !

« La scène qui m'excite le plus, c'est quand l'amoureuse prend conscience des canines qui s'enfoncent dans son cou. L'effet de surprise suivi par l'horreur, hmm ! Je ne m'en lasse pas. »

Ève tente de partager avec moi l'extase qu'elle ressent lorsque le beau vampire Damon s'abreuve du sang et de l'abandon de sa victime, mais surtout de la dualité tout en nuances des personnages principaux. Cependant, ne jurant moi-même que par le réalisme, je reste hermétique à ses arguments et préfère épargner à Emmanuel les giclées d'hémoglobine, aussi fictives soient-elles.

Alors que notre bébé devrait déjà avoir la taille du fruit de la passion, ma femme vit une grossesse à ce point sans heurts et sans douleur qu'elle paraît parfois empressée d'endurer ses premiers maux. Quoi qu'il en soit, cette ambiguïté ne modère en rien ses comportements « placentocentrés ».

« Elle commence à quelle heure, ta série ?

– Dans un quart d'heure. Ils passent quatre épisodes, ce soir ! Nous allons nous régaler.

– Mais moi aussi, je veux regarder la télé !

– Non, non. Je t'aime, mais va faire un tour avec ton père. Nous allons nous étendre dans le divan, nous serons bien. »

Ce « nous » concerne évidemment le bébé niché dans le ventre et l'esprit de ma femme. Emmanuel et moi savons que le jour de *Vampire Diaries* est sacré et qu'à moins de me muer en carpe ou en statue de sel, je n'ai que le choix de décamper.

« On va manger une glace ?

– Si tu veux… »

Je perçois sa tristesse et je la comprends, me sentant moi-même exclu de l'intense complicité entre Ève et son enfant à naître.

« Je vais chercher mon gilet…

– Tu m'aides d'abord à faire la vaisselle ?

– "Ils" n'ont qu'à la faire eux-mêmes ! »

Après avoir débarrassé les assiettes, je dépose les restes d'asperges à la flamande dans le compost et prends un essuie propre. Tout est expédié en dix minutes. Nous partons sans un au revoir.

Le printemps fleurit depuis la mi-avril et cette première nuit enfin tiède invite les Namurois à sortir de leur tanière. L'ambiance est festive. Au coin de la rue de l'Ange, nous nous offrons une *Australian Home Made Ice Cream* et la dégustons en marchant vers les bords de Sambre. La douceur de l'air se liquéfie dans le parfum cerise-mangue de ma glace tandis que la langue de mon fils s'attache à ne pas perdre une goutte du goût à la belge – cuberdon-chocolat-spéculoos – qu'il s'est choisi.

Nous nous installons sur un muret du halage. Quelques couples flirtent sans bruit, nous incitant à chuchoter.

« Regarde ! Qu'elle est belle ! »

À la gauche de la Citadelle, le dernier croissant de lune est posé dans le ciel.

« Pourquoi je ne vois qu'un morceau ? »

À l'aide des deux poings fermés d'Emmanuel et du mien qui représente le Soleil, j'explique la manière dont se projette la lumière sur le satellite lunaire et comment, nous, de la Terre, nous la percevons. L'exercice mêlant spatialité et subjectivité de l'observation est convaincant même si mon fils éprouve quelques difficultés à concevoir ma démonstration.

Peu à peu, le crépuscule se métamorphose en nuit noire et invite à prolonger mentalement les bords extérieurs du croissant de lune. La sphère se devine, et nous envoûte…

Une spirale virtuelle semble me happer. Ma vue se trouble. Le disque de la lune, les orbites des planètes, les cycles des marées, des jours et des saisons, la naissance et la mort, tous ces cercles qui tournoient induisent en moi un délire passionné qui me donne le vertige.

« Qu'est-ce que tu as ?

– Comme d'habitude, trop d'émotions dans ma tête.

– …

– Et puis, je repense tout le temps à la tombe que nous avons ouverte, à ces corps qui se désagrègent. »

Tout en concentrant le petit bout de sa langue sur le goût cuberdon, Emmanuel m'observe, m'écoute.

« Ce qui suit la mort m'obsède. Je ne parle pas du paradis ou de quoi que ce soit de paranormal, mais…

– Slurp !

– Mais si la lune réapparaît chaque mois et que le printemps revient tous les ans… Et si après la nuit arrive un nouveau jour, pourquoi après la mort, on ne commencerait pas une autre vie ?

– Tu ne m'as pas dit que tout disparaît un jour ?

– Oui, mais je n'en suis plus si sûr. Peut-être une nouvelle vie suit-elle la mort.

– Moi, j'ai juste peur d'exploser. Surtout la tête. Mais mourir, je ne sais pas ce que c'est… »

Je le fixe. Quel traumatisme a-t-il dû vivre pour craindre ainsi la dislocation de son corps ?

« … Je ne connais que ce que je vis. »

Au-delà de ses angoisses, Emmanuel m'ouvre à la raison. J'en prends conscience. Pourquoi chercherais-je à survivre ailleurs alors que le présent lui-même est éternel ? Je suis ici, témoin du temps fractionné par tous les cycles du sommeil et de la faim, des heures et des saisons.

Je prends sa main, l'invite du regard à nous plonger dans le lac des Songes, à observer là et maintenant cette empreinte du temps, qui ensoleille la Terre. Chaque instant est un aboutissement du passé. Ce temps-là n'a pas de fin.

QUATRIÈME LUNE

J'aime penser que la lune est là
même si je ne la regarde pas.
Albert Einstein

Sur la table trône une coupelle en faïence bleue remplie de biscuits fourrés au fromage et flanquée de trois verres, d'un jus de goyave et d'un Taylor's millésimé. S'attendant à trouver dans le courrier reçu des États-Unis des éléments essentiels sur son profil génétique, ma femme me propose d'ouvrir la bouteille de porto que son père lui a fait parvenir à Noël.

« On va fêter ça.

– Mais tu es enceinte, tu ne pourras pas en boire !

– Aucune importance. Je profiterai de ton plaisir.

– Si tu veux. C'est un beau cadeau qu'il t'a fait là, tu sais ! »

Ève ne répond pas. Tout ce qui provient de son père la traverse sans susciter la moindre émotion.

La fragrance du chêne dans lequel a séjourné le vin de liqueur pendant plus de vingt ans s'exhale dès le bouchon ôté. Un bouquet boisé caresse notre odorat juste avant la mise en bouche, empreinte d'une volupté tannisée. Ève se grise rien qu'en observant mon plaisir et Emmanuel boude un peu, résigné à attendre encore quelques années avant d'avoir le droit de vivre cet interdit.

L'ordinateur affiche l'écran d'accueil, ma femme clique sur Outlook.

« Alors, mes chers profanateurs, voyons si les ossements de mes belles ancêtres sont bavards ! »

Un biscuit à la main, nous nous suspendons aux lèvres d'Ève chargée de traduire le compte-rendu.

« Le premier document détaille la facture. Eh bien, mes petits veinards, trois cents dollars pour les analyses, cent dollars pour la comparaison de nos trois ADN et encore cent pour des conclusions personnalisées. À ce rythme-là, vous n'aurez plus d'argent pour payer mon cercueil… »

Nos airs stupéfaits l'amusent beaucoup.

« Passons à l'autre fichier… »

Elle me verse un deuxième porto, y trempe juste les lèvres avec volupté.

« Je vous épargne les chiffres et les graphiques, passons en fin d'article, au courrier d'un certain… Dr Michael Rosas. Suspense ! Vous êtes prêts ? »

Je ne respire plus alors que notre fils déglutit une gorgée de jus de goyave.

« Dear Mr Lelièvre, *Cher monsieur Lelièvre,* After the DNAmt-comparaison…, *Après la comparaison ADNmt des trois échantillons analysés, nous pouvons affirmer que les individus appartiennent à la même lignée féminine.* »

Ève relève la tête pour vérifier sur mon visage l'importance de l'information.

« Normal, la mère transmet l'ADN mitochondrial à son enfant. Il est donc identique chez toi, ta grand-mère et ton arrière-grand-mère. Il reflète la face féminine de ton histoire… Tu continues ?

– Oui. *Une zone non codante de cet ADNmt est entachée de mutations rares, mais n'ayant pas d'influence fonctionnelle dégénérative directe…* Je ne comprends pas.

– Mais si, maman ! Il y a des gènes utiles et des gènes non codants qui ne servent à rien.

– Enfin, les gènes non codants ont certainement un rôle, mais il est plus complexe à définir. Dans ce domaine, la science n'en est qu'à ses balbutiements.

– Mais, tu m'avais dit qu'ils n'avaient aucune fonction.

– Ils n'ont aucune fonction directe. Je t'expliquerai la notion d'ARN messager qui sert à communiquer l'information de l'ADN.

– Raconte-moi maintenant, s'il te plaît ! »

L'impatience d'Emmanuel me motive.

« Tu le sais, le gène codant est un segment fixe de la longue échelle d'ADN, c'est le mode d'emploi d'une fonction de la cellule. Pour l'utiliser, le gène se transcrit en un segment mobile qu'on appelle ARN messager, une sorte de petit serpent qui pourra sortir du noyau et exécuter sa fonction.

– L'ARN messager, c'est un gène qui se déplace ?

– On peut dire ça. Une partie quasi conforme du gène qui possède la même grammaire que l'ADN et presque le même alphabet, C, A, G, mais un U remplace le T.

– Et les gènes non codants ?

– Ils se transcrivent en ARN qu'on dit non codant, car ils n'ont pas de mode d'emploi à communiquer. Mais ils ont quand même un rôle. Moins direct. Parfois, ils sont juste là pour aider un autre ARN messager ou pour l'inhiber. Certains serpents empêchent d'autres serpents de sortir du noyau.

– Bon, les gars ! Je peux continuer ?

– Vas-y…

– Un astérisque renvoie en bas de page : *Les dysfonctionnements d'une partie non codante du génome n'ont pas de corrélation immédiate avec les pathologies mitochondriales généralement favorisées par les mutations de l'ADNmt codant (trouble respiratoire, Parkinson, Alzheimer, cardiomyopathies…)*

– C'est déjà ça, mais ils ne nous apprennent pas grand-chose.

– La page suivante est consacrée au Nuclear-DNA. *Nous n'avons décelé aucune mutation génératrice d'une éventuelle maladie génétique connue à ce jour […] Le pourcentage d'ADN néandertalien est élevé chez les trois personnes analysées.* Je vois une seconde note de bas de page, je la lis ? »

J'acquiesce du regard et remplis nos trois verres.

« *Disséminés dans son ADN nucléaire, environ 2 % des gènes de tout individu de type caucasien correspondent à ceux de l'Homo neanderthalensis. Toutefois, ces gènes varient d'une personne à l'autre, de telle manière que si on parvenait à réunir l'ensemble de ceux-ci, on reconstituerait jusqu'à 40 % du génome néandertalien.* »

L'alcool me monte à la tête, exaltant mon envie de savoir. J'ouvre grand les yeux, regarde les mains, l'ordinateur, le visage de ma femme.

« Je reviens au texte… *Parmi les 15 segments d'ADN d'origine néandertalienne du génome de l'individu No 1, un seul est identique à ceux des individus No 2 et No 3. Ce segment est non codant.* Attendez… Le mot renvoie également à une note de bas de page qui définit de la même manière que pour l'ADN mitochondrial, la n… »

Je l'interromps :

« On a compris, ce segment n'est pas lié directement à une maladie génétique.

– C'est qui l'individu No 1 ? »

Ève manipule la roulette de la souris, remonte dans le document PDF, cherche attentivement.

« Le No 1… C'est moi.

– Yes ! On a trouvé ! »

Nous regardons notre fils. Ma femme semble amusée. Moi, perplexe.

« Qu'est-ce qu'on a trouvé ?

– L'endroit qui peut faire mourir maman après les trois autres mères de sa famille.

– Comment ça ? »

Sont-ce les vapeurs de porto, ou l'évidence m'échappe-t-elle totalement ?

« Oui, ce truc qui vient du Néandertal, le seul qu'on retrouve dans les trois analyses. Il suffit de fouiller… La maladie est là. »

La réalité est certainement bien moins éclatante que celle que suppose Emmanuel. Nous devons de toute évidence disséquer ce segment, mais rien ne dit que nous y trouverons quelque chose. Je n'ai cependant aucune envie de modérer les illusions de mon fils ni l'émotion de ma femme.

Il y a une dizaine d'années, Emmanuel est sorti d'un orphelinat copte en Égypte. Ève l'a pris dans ses bras, coupant en un instant le cordon ombilical d'une procédure d'adoption toujours éprouvante et elle s'est probablement plus souciée des problèmes potentiels de son fils adoptif que s'il s'était agi d'un fils biologique.

Aujourd'hui, ce petit bonhomme se promet de la sauver et dans son cœur de maman sourdent quelques larmes, résolues à exprimer toute la reconnaissance d'une femme pour son enfant.

« Qu'est-ce qui te fait dire que c'est dans ces zones qu'il faut chercher ?

– Il ne faut plus chercher, nous avons trouvé. Il reste juste à comprendre comment ça fonctionne. »

À onze ans, il est bien incapable de développer le cheminement de sa pensée. L'esprit d'un enfant n'est pas encombré de doutes ni de peurs, ni du diktat du rationnel entaché de tant d'hypothèses et de marges d'erreur. Nous n'avons d'autre choix que de l'autoriser à caresser son rêve.

« Demain, je prends rendez-vous chez un généticien et nous lui poserons la question. »

Premier croissant de la quatrième lune

En moins d'une semaine, j'obtiens une consultation chez la professeure Karin Dahan, éminente autorité en génétique. Nous nous rendons à son cabinet, ma femme enceinte de quatre lunes, notre fils et moi.

Après les présentations d'usage, j'explique avec un maximum de détails l'objet de notre démarche. Mais surtout, je mets à plat les quatre éléments dont nous disposons pour convaincre la science de nous aider à éclairer davantage ce que nous croyons avoir trouvé.

Ève et deux de ses trois ascendantes directes recèlent une importante mutation sur des gènes mitochondriaux non codants. D'autre part, elles partagent un taux élevé de gènes nucléaires d'origine néandertalienne dont quelques-uns, également non codants, sont situés au même endroit de leur génome. Enfin, elles appartiennent à la lignée des chasseurs-cueilleurs d'Europe occidentale, et surtout, les aïeules de ma femme sont mortes lors de l'accouchement de leur premier enfant, qui fut à chaque fois une fille. Si une pathologie génétique a causé ces fins dramatiques, elle reste mystérieuse, puisque les analyses n'ont décelé jusqu'ici aucune mutation fonctionnelle grave.

La surdiplômée m'observe quelques instants, assimile les informations et jauge sur mon visage soucieux mes facultés de déduction et de synthèse. De la perception de cet instant crucial dépendra la tournure de l'entretien.

« Avez-vous apporté des documents ?

– Voici une copie de tous les résultats que nous possédons. En page 9, vous trouverez les conclusions.

– Ce qui m'intéresse surtout, ce sont les codes du segment néandertalien. »

La doctoresse prend quelques notes, déjà captivée. Nous observons la pointe de son stylo alors qu'une mouche un peu nerveuse altère le bruit de la bille sur le papier. Nous gardons le silence, souhaitant que ce moment de transcription soit propice à une fructueuse réflexion.

« Vous me dites que toutes trois sont mortes en couche… Et qu'elles étaient alors en train de mettre au monde leur premier enfant… Qui était une fille.

– Voilà ! »

La clinicienne trace une nouvelle ligne sur sa feuille, se replonge plus avant dans le dossier, puis inscrit quelques symboles obscurs. Lorsqu'elle relève la tête, les mots qui me brûlent les lèvres m'échappent :

« L'ADN mitochondrial ?

– C'est la piste que je suivrais ! »

Je souris, fier comme quand, enfant, j'avais répondu à la question « 37 x 6 ? » avant tous les autres.

« La lignée exclusivement féminine de ces morts mystérieuses propose que l'élément déclencheur de la maladie éventuelle se trouve dans cette zone à haut taux de mutations de votre ADN mitochondrial ! »

Ève écoute attentivement en se bichonnant le ventre et notre bébé grand comme une nectarine.

« Votre cas est passionnant, madame. Avec votre accord, je souhaite vous prescrire une analyse approfondie de la zone incriminée, ainsi que celle de votre ADN nucléaire.

– Bien sûr ! Qui refuserait qu'on s'occupe si bien d'elle ? Je vous laisse le soin de farfouiller dans mes gènes les plus secrets !

– Et grâce à votre ténacité, je possède tous les arguments nécessaires pour faire intervenir le Fonds de la recherche.

– Approximativement combien ?

– Votre quote-part financière sera minime. Et si les travaux débouchent sur une découverte digne d'un article scientifique, nous aurons notre petit moment de gloire… »

Emmanuel et moi sourions béatement, pas peu fiers de servir la science. Ma femme, quant à elle, semble mal à l'aise. Ève aime l'anonymat, les salles de cinéma obscures et son cocon familial. Se retrouver sous les feux de la rampe est une perspective qui ne l'agrée pas.

« Allons-y pour la partie administrative. J'ai juste besoin que vous complétiez ce document. N'oubliez pas de le dater et de le signer. Je m'occuperai de remplir la demande circonstanciée. Je vous tiens au courant. »

Emmanuel intervient :

« Dans combien de temps vous aurez la réponse ?

– Oh, ce n'est pas pour tout de suite. Il vous faudra de la patience… »

Je la regarde, inquiet. Emmanuel insiste :

« Combien ?

– Le délai habituel est de trois mois. Mais ici, comme il s'agit de segments non codants, nous devons nous attendre à plus. Six, peut-être huit.

– Comment ça, huit mois ?

– Nos laboratoires spécialisés travaillent en réseau, chacun possédant sa propre expertise scientifique. Nous avons besoin de temps pour partager et interpréter les résultats. Et puis, l'étude demandée n'est pas ordinaire. Nous entrons dans le domaine de la recherche.

– Mais enfin ! Vous savez où se trouvent les mutations, vous avez des modèles, non ? Ce ne sont pas les premiers gènes non codants que vous rencontrez.

– Comprendre le fonctionnement d'un organisme en identifiant son ADN est utopique. L'analyse est très extensive, peu automatisable et, d'autre part, elle doit faire appel à une interprétation professionnelle approfondie. Il n'y a pas d'urgence, de toute façon…

– Pas d'urgence ? Ma femme accouche dans cinq mois, elle est en danger de mort et…

– Ne vous inquiétez pas. L'accouchement s'est fortement médicalisé ces dernières années et je contacterai votre gynécologue pour qu'il mette tout en place afin de parer à d'éventuelles complications.

– Je m'inquiète, oui ! Et je veux savoir quel danger la guette. N'existe-t-il pas une procédure qui pourrait accélérer la démarche ?

– Je vais essayer. Mais je doute que votre dossier soit prioritaire. Votre femme est en parfaite santé et aucun risque objectif n'a été identifié. Le protocole ne permettra pas d'accepter le caractère urgent de ma demande.

– Que faire, alors ?

– Espérer que tout se passe bien. »

J'insiste :

« Vous n'avez pas d'autres pistes, vous ne connaissez pas d'instances qui pourraient nous aider ?

– Si vous possédez quelques centaines de milliers d'euros ou si vous faites miroiter un moment de gloire à l'institut auquel vous vous adresserez, oui ! Sinon, je ne vois qu'une alternative, laisser les chercheurs faire leur travail.

– S'ils donnent leur réponse après la mort de ma femme, cela m'est complètement égal.

– Je comprends et j'insisterai sur le caractère urgent de ma demande.

Ève se lève promptement :

« Voici les documents signés. Au revoir, docteur… Et ne tardez pas, la gloire vous attend ! »

Quatrième pleine lune

Depuis quelques jours, à l'appartement, l'ambiance est morose et nos regards croisés trahissent le découragement. La science pourrait être la voie royale pour sauver Ève, mais la menace qui plane sur elle ne suffira pas à accélérer le processus. L'équation est pourtant simple et sa résolution ne demande que quelques recherches génétiques ciblées. Cependant, aucun intérêt scientifique ou financier ne justifie l'urgence. Et la vie de ma femme n'a aucune valeur face aux retours d'investissement.

« J'ai faim !

– Le petit est au lit. Il t'attend ! »

Emmanuel a les yeux grands ouverts dans le noir, le visage collé contre sa girafe en peluche…

« Ah, tu es rentré ?

– Je suis là, mon chéri. J'ai travaillé plus tard. Passe une bonne nuit…

– … Tu crois que maman m'aime encore ?

– Pourquoi pas ?

– Elle va avoir un vrai bébé. Qui viendra de son ventre, pas un enfant trouvé comme moi. »

J'ai mal au cœur, improvise une réponse :

« L'amour d'une maman est extensible à l'infini. Elle le partage avec tous ses enfants. Et en plus, tu fais tout pour lui sauver la vie. Elle t'admire pour cela.

– Son cas devrait être assez spécial pour qu'ils acceptent de l'étudier tout de suite, non ? Il faut trouver autre chose. »

Mon regard est triste et fatigué. Depuis notre visite chez la généticienne, je me suis résigné et la demande de mon fils pour que nous continuions à nous battre ne m'inspire, envers lui, que de la compassion.

« Aide-moi à réfléchir… Tu m'as dit qu'on avait analysé tous les os de Néandertal découverts en Europe. Peut-être qu'un ancêtre de maman est là-dedans. Ce serait fort spécial, ça, non ?

– Quel ancêtre ?

– Celui que la Sapiens a choisi pour faire un bébé plus résistant au froid et aux maladies du Nord. Tu sais, comme pour ma girafe, l'évolution, les sélections, tout ça…

– Il est tard, et tu as école demain.

– Je n'arrive pas à dormir. Raconte-moi encore leur histoire… »

J'hésite quelques secondes, pense à la *djoute* aux lardons qui m'attend et salive un peu, puis me résous à exaucer son souhait.

« Il était une fois, il y a *35 mille* ans, une jolie femme sapiens bronzée qui vivait en bord de Meuse […]. Alors qu'elle cherchait du bois pour le feu, elle rencontra un homme de Néandertal roux aux yeux bleus. Elle grelottait, s'habituant si mal au climat très froid de notre région qu'elle avait attrapé une bronchite. L'homme la prit dans ses bras pour la réchauffer […]. Ils tombèrent amoureux et firent un bébé. Dix lunes plus tard, elle mit au monde un être mi-sapiens mi-neanderthalensis bien plus résistant qu'elle aux maladies… »

Emmanuel a fermé les yeux. Ses longs cils frissonnent comme les vibrisses d'un chat qui rêve. Sa petite main est encore dans la mienne, décrispée. Bien plus ému par le bonheur d'apaiser mon enfant que frustré d'interrompre un récit, j'en chuchote la fin :

« Ainsi, avant que la sélection naturelle emporte la tribu fragilisée des Sapiens, la sélection sexuelle la protégea et le fruit de ce métissage permit de revitaliser l'espèce. Espèce dont tu es un des descendants, toi mon fils. Fais de beaux rêves… »

Pendant qu'Ève manipule ses montages photographiques sur l'ordinateur, je dévore mon repas. En regard d'un profil du Sphinx de Gizeh, ma femme a glissé l'image d'*Ileria : Sphinx sur fond orange* de Leonor Fini. Elle est occupée à lisser les arrière-plans pour que l'orange et le désert d'Égypte s'enchevêtrent. L'effet est saisissant, la féminité d'Ileria semblant se dresser face à la puissance d'un monde pharaonique.

« Le petit est endormi ?

– Oui, mais je l'ai trouvé fort perturbé. Tu devrais faire plus attention à lui… »

Mes mots maladroits blessent ma femme sans atteindre l'objectif escompté : m'associer à elle pour aider notre fils à passer ce cap difficile.

« Et toi, tu fais attention à moi ? Tu savais, pourtant, que je réalisais la deuxième échographie hier. Tu ne t'en es même pas soucié ! »

Interloqué, je dépose mon verre de vin. Son regard est furieux :

« Je te signale que tu vas avoir une fille et qu'elle s'appellera Marie.

– Mais… »

Nous avions convenu que j'aurais la primeur du choix du prénom, que j'engendrerais son nom de baptême comme si je l'avais porté dix lunes en moi. Je suis tellement déçu.

« Pourquoi tu ne me l'as pas rappelé, hier ?

– Ma grossesse n'a pas l'air de t'intéresser.

– Tu es injuste ! Je pense tout le temps à toi, à tes gènes, au danger que tu cours !

– Tu as peur pour ma santé et tu fouilles dans mon passé. Mais pour ce que je vis et ce que je ressens, rien ne semble te préoccuper vraiment. »

Ève exagère, je me tais.

« Et puis, tu aurais encore associé cette nouvelle au drame de ma famille. J'en ai marre. Mon bébé, ma petite Marie, c'est que du bonheur.

– C'est joli, Marie… Mais j'aurais pu trouver ce beau prénom-là tout seul. »

Ève comprend l'allusion et s'apaise. Délaissant les quelques bettes à la crème qui restent dans mon assiette, je dépose ma fourchette et attire le ventre contre moi. Je suis assis, le visage si près d'elle : notre Marie. Devenu(e) *elle*, le bébé a pris subitement une autre dimension, plus tangible. Sa maman s'abandonne, rassérénée que je manifeste et traduise avec tendresse la réalité de ma femme portant la vie.

Puis, enflammé par ce contact, je déboutonne son pyjama de soie, découvre ses seins dressés, son ventre arrondi et son corps qui toujours m'a bouleversé. La petite ficelle suit mes doigts, son pantalon tombe sur les chevilles, mon cœur s'arrête. Elle est nue, et moi dépouillé de toute retenue. Ma main la touche, mes lèvres l'effleurent, mon visage la respire…

Au diable la douche du soir et la dernière vaisselle. Je la prends dans mes bras, la pose sur nos draps et me déshabille à mon tour. Ondes chaudes, flottantes et sourdes, sa gorge palpite, sa poitrine se gonfle. Ève est courbes, de l'échine aux galbes des mollets, et la cambrure de ses reins glisse vers la plus magnifique des contrées lunaires. Là, à 37°2 de l'attitude provocante, la rondeur de sa géographie dessine de capricieux méandres. Tortueuse, elle m'enlace, étouffe un soupir puis se retourne, m'offrant une lune pleine et lumineuse. Une marée d'équinoxe s'empare de mon bas-ventre et je me serre contre elle.

« Raconte-moi, mon beau Néandertal, dis-moi comment tu as sauvé notre espèce… »

Foudroyé d'envie, je m'hybride à elle, employant cette force évolutive pour lui exprimer mon ardeur.

« Ma sublime, le métissage est un puissant raccourci dans la marche de l'évolution puisqu'il permet au migrant de profiter des lentes mutations autochtones…

– Viens, je profite…

– … et d'acquérir les variations génétiques qui font défaut…

– Prends-moi, j'acquiers…

– … et de revitaliser les Sapiens pour que l'espèce survive.

– Raidis-toi, je survis…

– … Le métissage est une mode de diversité si rapide, si…

– Ne bouge plus ! Ne m'hybride plus et reste là ! Tu as le temps. L'évolution peut attendre… »

« Tout s'est bien passé à l'école ?

– Salut. »

Depuis la montée de l'islamisme radical et la recrudescence des attentats terroristes, Emmanuel souffre d'une relative xénophobie. Il est loin le temps où nos proches admiraient le beau basané que nous avions adopté. Aujourd'hui, il est plutôt perçu comme de la graine d'Arabe et les réflexions bêtement provocantes de certains camarades le blessent.

– On t'a encore embêté ?

– Pas du tout, mais j'ai reçu une punition de madame Toujas !

– Pourquoi ?

– Je me suis énervé pendant son cours sur la préhistoire. Pour parler du Néandertal, elle a montré une sorte de singe agressif en disant qu'il avait disparu quand l'Homme moderne est arrivé. J'ai levé mon doigt pour expliquer que ce n'était pas une bête sauvage, mais un autre type d'humain et qu'il n'avait pas tout à fait disparu puisqu'on avait tous de ses gènes en nous.

– Et ?

– Elle s'est moquée de moi en disant que c'était impossible, que le Sapiens était bien trop évolué pour avoir pu se croiser avec le Néandertal, que nous sommes les seuls à avoir la conscience, l'intelligence, qu'on est allés sur la lune, et blablabla…

– Effectivement, elle a zappé l'info, ta madame Toujas.

– Alors, j'ai crié qu'elle n'y connaissait rien. Elle m'a fait sortir cinq minutes pour me calmer, puis elle m'a dit que puisque j'en savais tant sur le Néandertal, je n'avais qu'à le présenter devant la classe vendredi matin. Et pour des points. Mais je ne le ferai pas !

« À table ! »

Pendant le repas, la télévision diffuse en sourdine le journal de La Une. La Terre continue de se réchauffer, des migrants se mettent en danger de mort pour rejoindre notre eldorado occidental, le capitalisme affame les populations au profit des actionnaires tandis que par le monde, des millions de Sapiens manifestent contre les poussées totalitaires. Les images ébranlent peu notre cocon familial, mais confirment que notre civilisation est malade et que la vie sur notre planète est en péril. Ève interrompt notre vague écoute :

« Je me demande s'il est bon d'abreuver Marie de si mauvaises nouvelles... »

Je la taquine un peu :

« Tu crois qu'elle risque d'hésiter avant de venir au monde ? »

Ève ne sourit pas, intimement persuadée que l'enfant dans son ventre perçoit tout ce qui l'entoure. Je l'apaise par quelques mièvreries.

Depuis quelques jours, je redouble de bienveillance envers elle. Ses sentiments face à ma crainte obsessionnelle du danger qui la guette m'ont incité à dédramatiser la situation et à m'affranchir de mes peurs au profit de l'attention dont elle a besoin.

« Emmanuel t'a raconté ce qui s'est passé à l'école, aujourd'hui ?

– Arrête de lui monter la tête avec ta préhistoire. Son institutrice a raison de le punir. »

Je regarde le petit, en quête d'un sourire complice :

« Finalement, ce serait bien de présenter l'Homme de Néandertal à la classe. Tu veux que je t'aide ? Madame Toujas t'a tendu une belle perche et tu pourrais en profiter pour rétablir la vérité sur nos ancêtres, non ?

– Mon mari et mon fils sont dingos !

– Bonne idée, on va la faire, cette punition ! »

Le lendemain, assez tôt dans l'après-midi, je reviens du boulot avec une grande feuille vert pâle où Emmanuel pourra coller les images qu'il a sélectionnées sur Internet.

« Ce serait bien que tu entres directement dans le vif du sujet, que tu expliques que les scientifiques ont longtemps discrédité l'Homo neanderthalensis en disant qu'il était une espèce primitive proche des singes, mais que ces hypothèses ont été remises en question. On a découvert qu'il était tout aussi développé que l'Homme moderne, qu'il possédait les mêmes capacités cognitives, la parole, la réflexion, le goût pour l'art et les beaux objets. Et puis, surtout, on a prouvé qu'il s'était métissé avec nous, et que tous les Sapiens d'Europe ont un peu des meilleurs gènes néandertaliens. Que, par exemple, grâce à la synthèse de la kératine conférant sa résistance à la peau, nous supportons aujourd'hui bien mieux le froid que les Sapiens africains. Et…

– Je ne vais jamais pouvoir retenir tout ce que tu dis ! Et puis, tu parles trop bien.

– D'accord ! Je t'aiderai à raconter tout ça avec tes mots. Après, tu pourras donner les quelques explications que tu as préparées. Tu me les lis maintenant ?

– Je me mets debout comme si j'étais en classe. Bonjour ! Aujourd'hui, je vais vous présenter l'Homme de Néandertal apparu en Europe il y a *400 mille* ans. C'était une espèce humaine qui vivait en petites tribus, à l'entrée d'une caverne (montrer la photo) ou à l'intérieur d'une palissade. Ils mangeaient principalement de grands herbivores (montrer les photos) comme le mammouth, le cerf, le renne ou l'aurochs. C'est pour cela qu'ils étaient nomades, ça veut dire qu'ils suivaient les troupeaux. Ils maîtrisaient le feu et cuisaient la viande qu'ils accompagnaient de fruits, de racines ou de plantes. Ils avaient besoin de deux fois plus de calories que l'Homme actuel pour lutter contre le froid. »

Le petit fait une pose, reprend ses notes, se rappelle…

« Ah oui… Pour chasser ou couper la viande, ils fabriquaient des lances et des outils (montrer la photo) en silex ou en os. Voilà.

– Chouette exposé, bravo !

– Et c'est à ce moment-là que je pourrais dire qu'on a pensé du mal d'eux, mais que finalement, ils étaient aussi intelligents que le Sapiens.

– Comme tu veux.

– Et je terminerai en disant qu'ils ont disparu il y a *30 mille* ans…

– … Et qu'on ne sait pas trop pourquoi. Super ! Tu devrais peut-être parler de leur organisation sociale, non ? Tout porte à croire qu'ils avaient développé un mode de vie solidaire et respectueux de leur environnement. On a prouvé qu'ils s'occupaient des vieillards et des blessés, qu'ils enterraient leurs morts. Pacifiques, ils ne connaissaient pas les guerres de masse. Ils cueillaient et chassaient seulement six heures par jour, puis s'adonnaient à leurs loisirs. Si tu compares notre civilisation malade avec la leur, c'est encore mieux qu'une réhabilitation de l'espèce Néandertal. Tu pourrais les présenter comme un modèle social aujourd'hui disparu. »

Emmanuel me regarde et rigole.

« Papa, tu veux venir faire la punition à ma place ? Je ne comprends rien à ce que tu dis.

– Maman a raison, je suis dingo. Tu peux laisser de côté cette partie. »

Emmanuel revient sur les images qu'il avait insérées dans son fichier Word et les imprime.

CINQUIÈME LUNE

Les souvenirs du passé s'effacent,
comme la lune disparaît derrière de sombres nuages.
Zhang Xianliang

Cinquième nouvelle lune

Ève se sentait fatiguée. Couchée dès la fin du repas, elle nous a laissés en tête à tête, Emmanuel et moi. Il est presque minuit. Je me glisse dans la chambre puis sous la couette. Les yeux fixés sur les chiffres rouges du radio-réveil projetés au plafond, je ne parviens pas à dormir. La conversation avec le petit me poursuit.

« Tu n'as pas envie de savoir d'où tu viens ?

– Je sais que je viens d'Afrique.

– Et tu n'aimerais pas en connaître plus sur l'Égypte ?

– L'Égypte ? Tu ne m'as pas dit que les premiers fossiles d'Homo sapiens datent de *300 mille* ans et qu'ils ont été trouvés en Éthiopie ?

– Mais je te parle de tes parents à toi, de...

– Mes parents m'ont abandonné, laisse-moi tranquille avec ça ! »

Je suis convaincu de toute la richesse qu'il pourrait tirer de son métissage. Il est Belge, mais il possède aussi un puissant héritage génétique provenant de ses parents biologiques. Je ne comprends pas pourquoi cette paralysie quand j'évoque ses origines.

J'ai donc modifié ma stratégie, abordant la question par le biais.

« Pourtant, tu aurais pu ne jamais exister. Il semblerait que tout au début, victime d'une désertification extrême, le Sapiens ait failli disparaître. Seuls quelques individus, réfugiés en Afrique du Sud, ont échappé à ce changement climatique.

– ...

– Après la période de sécheresse, ils ont commencé à migrer. Ils seraient arrivés au Proche-Orient il y a *100 mille* ans et en Europe de l'Ouest *55 mille* ans plus tard. Ils auraient encore pris *5 mille* ans pour coloniser la vallée de la Meuse. C'est un peu comme si tu avais marché *60 mille ans* pour venir d'Égypte jusqu'en Belgique. »

Interrompu dans mon explication par un papillon égaré, je me suis levé pour l'aider à rejoindre la nuit chaude de juin. Puis, revenu à ma place, j'ai aperçu les yeux mouillés, deux grosses larmes prêtes à s'épancher le long des joues d'Emmanuel. Mais ce traumatisme m'a paru trop profond pour en mettre à nu les racines. Tant qu'il tentera d'occulter son passé, il me sera difficile de recueillir la moindre confidence. Tant que sa tristesse sera trop profonde, il ne m'exprimera pas son chagrin.

« Tu ne dors pas ?

– Je m'inquiète pour le petit. Quand je lui parle de sa famille, il est comme toi avec ton père, il se replie sur lui-même. Il souffre et je n'ai plus le cœur d'insister.

– Tu devrais… Moi, j'ai fermé doucement cette porte et je me sens très bien. Emmanuel doit d'abord voir et comprendre. Puis, il pourra évoluer et choisir son chemin.

– Tu aurais vu ses larmes… C'est insupportable !

– Tu es trop dans l'émotionnel. N'aie pas mal pour lui, ça ne sert à rien. Sa culture d'origine est restée trop longtemps tabou. Il va peut-être souffrir, mais nous devons prendre ce risque. »

Ève ne parviendra jamais à comprendre l'entrelacs tortueux de l'âme, mais la limpidité de ses injonctions m'apaise. Elle agit par conviction profonde et jamais en fonction des éventuelles conséquences de nos actes. Son conseil, juste avant de se rendormir, me persuade de la bonne attitude à adopter.

Comme souvent, le samedi est propice à une grasse matinée. Bienheureuse de son tour d'horloge passé à se reposer, Ève se lève peu avant moi, puis me réveille d'un baiser aux arômes de café. Elle est nue et son ventre, dans sa cinquième lune de gestation, rend le plus vibrant hommage à l'enchantement de sa maternité : nous sentons pour la première fois notre fille bouger ! Ce week-end de Pentecôte m'invite à accueillir l'Esprit saint et à vénérer ma femme.

Peu après le déjeuner, et alors qu'Emmanuel dort encore, ma femme semble s'intéresser à son sort…

« En ce qui concerne ma guérison, si j'ai bien compris, nous devons leur trouver un motif objectif de recherche… »

Je la regarde, étonné. Elle poursuit :

« La réponse est dans un coffre et nous avons besoin d'un expert pour l'ouvrir. C'est ça ?

– En quelque sorte… Nous savons *où* ; il devrait être aisé de découvrir le *comment* ; mais nous devons absolument convaincre les scientifiques du *pourquoi*.

– Et si nous tentions de les contacter nous-mêmes ? Tu connais des laboratoires spécialisés ?

– À mon avis, vu le délai et vu la spécificité de tes mutations, seules des institutions équipées des dernières technologies pourraient nous aider. Je pense au Max-Planck où travaille le paléogénéticien Svante Pääbo, ou bien à l'Institut Pasteur.

– Eh bien, téléphonons ! Motivons-les…

– Comme ça ! Tu vas sonner en Allemagne ?

– Tu veux me sauver la vie ou pas ? »

Alors que ma femme prépare ses arguments en anglais pour convaincre l'Institut Max-Planck d'anthropologie évolutionniste que son cas hautement métissé de gènes néandertaliens est une perle rare, je m'attache à mettre en avant l'intérêt médical de ses mutations avant d'appeler Paris. Nous devrons cependant attendre mardi pour chercher à les joindre.

« Salut !

– Tu as bien dormi ?

– Ouais.

– J'ai retrouvé les papiers de ton adoption, nous pourrons regarder ensemble, si tu veux. »

Mon fils me dévisage longuement. Le naturel me fait défaut.

« Tes parents biologiques sont morts, mais nous ne savons pas comment. »

Une boule me noue la gorge. Je peine à poursuivre. Pourquoi annoncer avec une telle légèreté une nouvelle aussi grave ? Emmanuel s'est assis à la cuisine, Ève lui apporte son bol de cacao puis me fait un clin d'œil complice.

« J'ai vu sur le site de 23andME que tu peux demander une comparaison de ton propre ADN avec tous ceux stockés dans leur énorme base de données. Ils sont ainsi capables de retrouver des points de ressemblance avec un éventuel membre de ta famille. Ils appellent ça des *matchs*, des *correspondances* génétiques. Ça te dirait ?

– …

– S'ils trouvent une *correspondance* avec certains de tes cousins, ce serait génial de les contacter pour avoir plus d'informations sur tes parents, non ? »

Emmanuel reste muet, finit de déjeuner et se lève pour rincer son bol. Ce début juin est particulièrement doux, le soleil donnant sur la mansarde surchauffe l'appartement, quelques gouttes de chaleur ruissellent sur mes tempes.

« Oui, je veux bien. »

Ève s'approche de lui et l'étreint doucement.

Premier croissant de la cinquième lune

Les nombreux échanges téléphoniques avec les Instituts Pasteur et Max-Planck n'ont permis que d'établir quelques liens privilégiés et remplir mon annuaire de numéros tels que celui du laboratoire de biologie médicale situé au 209, rue Vaugirard ou celui du professeur Jean-Jacques Hublin dirigeant le Department of Human Evolution.

Comme l'avait présagé le docteur Dahan, personne n'accédera à notre demande à moins d'un important incitant honorifique. Aussi compatissant qu'il puisse être, un scientifique est jugé – et donc financé – sur les projets qu'il publie, les citations dans des articles et les invitations à donner des conférences. Pour le moment, le cas d'Ève n'a aucune valeur.

« Ça veut dire que maman n'intéresse personne d'autre que toi et moi.

– Qu'est-ce qu'on peut faire, alors ?

– Chercher un élément susceptible de les gaver d'honneur et de rentabiliser leur analyse. Le monde n'est motivé que par le fric et la gloriole et ça me rend dingue. Mais, tant pis, on va jouer le jeu et débusquer quelque chose. Et là, je compte vraiment sur toi ! »

Cette conversation tenue la semaine passée avec mon fils l'avait investi d'une mission aussi sérieuse qu'avait été persuasive mon injonction. Reprenant les éléments probants de nos investigations, il s'était attaché à repérer ceux que nous aurions délaissés. Et, deux jours plus tard, Emmanuel me rappelait le caractère géographique des origines d'Ève. Trop focalisé sur ses gènes néandertaliens, j'en avais oublié la concentration de ses ancêtres chasseurs-cueilleurs de l'Ouest autour de la vallée mosane. Une piste que mon trouveur avait trouvée ! Il avait tout à fait raison.

Dès lors, je me suis intéressé au sillon Sambre-et-Meuse, cette faille dans le massif calcaire du nord de l'Europe qui abonde en carrières de silex et en grottes préhistoriques. À Flémalle, Trooz ou Gesves, des fossiles humains autrefois exhumés sont réexaminés depuis trente ans sous le regard des plus récents séquenceurs génétiques. Les sites de la vallée mosane sont devenus le paradis des paléoanthropologues. Des ossements apparaissent un peu partout comme à Sclayn, le village où ont vécu les grands-parents de ma femme.

Exaltés par ce nouvel élément, nous nous rendons cet après-midi, mon fils et moi, au Centre archéologique de la grotte Scladina, à quelques centaines de mètres du cimetière que nous avons profané.

« Bonjour, la visite guidée commence dans dix minutes. Je pense que nous ne serons que trois. »

Alors que je m'attarde sur l'impressionnante stature des ours d'époque, Emmanuel tombe en arrêt devant l'aquarelle d'une fillette de Néandertal. Les stries d'une dent trouvée à Scladina précisent que l'enfant avait huit ans et quelques jours lors de son décès. Accroupie, couverte de peaux de bêtes et les cheveux hirsutes, elle attise un feu. Son visage volontaire nous défie de trois quarts, opposant sa désapprobation à notre trop évidente curiosité. Elle n'a pas de menton, le front est fuyant et les pommettes comme les arcades sourcilières sont puissantes. Toutefois, elle ne manque pas de charme et dans son regard, j'entrevois la lueur d'intelligence qui fascine mon fils.

« Elle te plaît ?

– Arrête ! »

L'humeur taquine, j'insiste…

« Tu t'intéresses aux vieilles, maintenant ? Sais-tu que cette *fillette* aurait aujourd'hui *120 mille* ans de plus que toi ? »

Il rougit encore alors que Delphine, bachelière en communication et tourisme, nous invite sur le lieu des fouilles.

Le site domine les rivières où venaient s'abreuver de grands mammifères. Quelques individus se tenaient là, autour du feu, à l'entrée de la grotte Scladina. Depuis 1971, ont été enlevés et analysés cinq mille mètres cubes de terre qui proviennent des glissements de terrain consécutifs aux réchauffements suivant chaque glaciation, emportant au fond de la grotte l'ensemble des fossiles et des objets produits par les humains.

« Comment t'appelles-tu ?

– Emmanuel.

– Tu vois, Emmanuel, ici, on repère les différentes couches de boue qui se sont superposées comme des tranches de lasagne. »

Je souris. La lasagne étant le plat préféré de mon fils, Delphine ne pouvait mieux illustrer la stratigraphie des lieux. Avec le plus grand sérieux, elle dépose dans nos mains le fruit des dernières découvertes telles qu'une pointe en silex, un outil en os ou une dent d'ours. Exalté, je multiplie les questions…

« Vous allez réaliser une analyse génétique de la dent ?

– Non, nous n'envoyons en Allemagne que les restes présumés humains.

– À Leipzig, à l'institut Max-Planck ?

– Exactement. Vous connaissez ? »

J'explique alors sans détour ce qui motive notre présence. Et tandis que mon fils la fixe de ses grands yeux suppliants, notre guide poursuit la visite, troublée.

« Les Néandertaliens ont vécu sur ce site, en attestent les milliers de pointes de silex que nous avons trouvées. La carrière se situait à une vingtaine de kilomètres et sans doute transportaient-ils des blocs pour fabriquer les outils sur place. En 1993, nous avons exhumé un fossile, la mandibule d'une fillette de huit ans. Et seize de ses dents.

– Mon fils a particulièrement apprécié sa reproduction dans votre espace-musée. Vous n'avez pas trouvé d'autres restes humains ?

– Rien dans cette grotte, mais nous ne désespérons pas. Chaque parcelle fouillée est susceptible de receler une fabuleuse empreinte du passé.

– Et qu'a donné l'analyse de ces restes ?

– Je ne sais pas précisément. Nous avons les résultats, mais je n'y comprends pas grand-chose. Je ne suis pas biologiste. Je peux seulement vous dire que l'*enfant de Sclayn* est génétiquement très proche des derniers Néandertaliens trouvés en Europe de l'Ouest, avant leur disparition il y a environ *30 mille* ans. »

Emmanuel et moi, nous nous regardons, pensant exactement à la même chose. S'il s'avérait que l'ADN d'Ève offre des similitudes particulières avec le fossile de la grotte Scladina, les scientifiques se rueraient sur l'information. Avant que j'ose exprimer ma requête, Delphine me devance…

« Si vous êtes en possession du séquençage de votre épouse, nous pourrions l'envoyer à Max-Planck.

– J'ai toujours une copie sur clef USB avec moi, vous pouvez faire ça pour nous ?

– Bien sûr. J'en parlerai au directeur de l'ASBL Archéologie Ardennaise, cela ne devrait poser aucun problème. Les études comparatives ne sont pas coûteuses et si la réponse était positive, tout le monde en bénéficierait.

– Vous êtes merveilleuse.

– Disons que c'est pour les grands yeux d'Emmanuel. »

Cinquième pleine lune

En cette période de révisions avant les examens de juin, le temps est chaud et les journées sont longues. Une bonne semaine s'est écoulée depuis notre visite au Centre archéologique de Sclayn quand nous recevons des nouvelles de la jeune guide. Elle est parvenue à obtenir la comparaison de l'ADN d'Ève avec celui de la fillette de Scladina, mais aussi avec celui de chacun des restes néandertaliens trouvés en Belgique. Hélas – la chance était infime –, aucun des fossiles découverts dans les huit sites classés du sillon Sambre-et-Meuse n'a de séquence commune avec ma femme. Malgré cette réponse négative, nous n'annulons pas notre excursion prévue à Jemeppe-sur-Sambre. Libérant l'appartement où Ève organise un atelier de scrapbooking destiné aux aînés, nous allons à Spy. Quelques heures de détente feront du bien au petit avant ses contrôles de fin d'année.

En 1886, on découvrait dans la grotte de Spy deux restes humains qui, trente ans après ceux trouvés dans la vallée du Neander en Allemagne, faisaient admettre à la communauté internationale l'existence en Europe d'une autre espèce hominienne que le Sapiens. Les ossements datant de *38 mille* ans, cet Homme – et cette Femme – de Spy sont considérés comme les spécimens néandertaliens les plus récents de Belgique.

Dans un premier temps, nous musardons à travers bois jusqu'à l'entrée de l'abri où nos ancêtres se rassemblaient pour vivre. Je prends quelques photos de mon gamin qui s'amuse à mimer une hyène des cavernes et m'essaie moi-même à quelques cris d'animaux cruels. Rires partagés et folie douce.

De retour au centre d'interprétation, Emmanuel, insatiable, exige de lire à voix haute les textes explicatifs de chaque panneau.

« C'est quoi des congénères ? »

Je me prête de bonne grâce à l'ennuyeux exercice, définissant les mots qu'il ne connaît pas et savourant son excellente diction.

« Ce sont des êtres qu'on estime gén*étiquement* proches de toi !

– Et qui sont de ma famille, alors ? »

Une fraction de seconde, je perçois la faille.

« C'est un concept assez vague dont le sens varie suivant le contexte. Si nous recevons des nouvelles positives de 23andME, nous pourrons dire qu'ils ont trouvé en Égypte ou ailleurs des *correspondances* avec tes congénères. »

Nous apprenons la découverte d'un troisième fossile humain dans la grotte de Spy, celui d'un bébé mort à dix-huit mois et, classées par thématiques, les pratiques de nos cousins. Jusqu'au dernier objet exposé, jusqu'au dernier mot, Emmanuel exécute son rituel de lecture. Les enfants se donnent parfois des défis bien éprouvants !

À la sortie du musée, le nombre de promeneurs nous surprend. Au départ de la Brasserie, quelques balades sont proposées dans le bois de la Betche al Rotche ou le long de l'Orneau. Emmanuel se précipite à la plaine de jeux adjacente tandis que je m'installe sur un banc pour préparer notre pique-nique. Le soleil caresse mes joues, une brise légère vogue de mes cheveux aux rires des enfants. Je me sens bien. Mes peurs quotidiennes et même l'angoisse de perdre ma femme semblent entre parenthèses. Je pense au Graal, cette légende où la quête en elle-même suffit à illuminer les chevaliers de la Table ronde. Dans la peau de l'un d'eux, je me bats pour le bien et la grandeur de mon royaume.

Ma voisine de banc s'occupe de ses enfants. Je l'observe qui échange des gazouillis avec le bébé blotti dans ses bras, tandis que son aîné, debout à côté d'eux, s'efforce d'attirer son attention et se demande s'il va lâcher son appui et risquer un premier pas. J'imagine qu'en deux millions d'années, les hominiens ont dû évoluer d'une manière similaire à celle de nos enfants. Ils ont appris la bipédie, le langage et la pensée abstraite…

« On dîne ?

– Tiens ! Tartines au jambon d'Ardennes pour toi, au fromage pour moi. »

Et alors qu'Emmanuel et moi pique-niquons côte à côte, notre voisine me glisse un sourire, signe de reconnaissance et d'humanité entre deux Sapiens.

« Comment Emmanuel pourrait-il savoir où il veut aller ? »

L'opposition d'Ève m'éclate au visage alors que nous discutons de l'établissement scolaire où notre fils entamera ses études secondaires l'année prochaine.

« Mais je lui demande seulement s'il est judicieux de l'inscrire dans cet établissement alors que des cas de harcèlement y sont dénoncés.

– Et moi, je trouve tes questionnements intempestifs. Tu te laisses toujours emporter par tes émotions ! »

Notre fils me fixe de ses lunettes aussi rondes que ses grands yeux. Je maudis ma femme de me déprécier devant lui. Il s'approche timidement, tente de nous apaiser en changeant de sujet.

« Tu avais dit que j'aurais un beau cadeau pour mon CEB.

– C'est vrai. J'ai préparé une surprise pour toi et maman.

– C'est quoi ?

– 23andMe a trouvé deux de tes *correspondances* génétiques. Avec l'aide d'un ami arabe, j'ai pu les contacter par téléphone. Il a discuté avec ton cousin d'Alexandrie, et parlé un peu avec ta tante aussi.

– En Égypte ? »

Pour la première fois, je vois, dans les yeux d'Emmanuel, de la curiosité pour ses origines.

« Ève, que dirais-tu si nous partions à Alexandrie ? Juste une semaine.

– Sans moi !

– Oh ! Pourquoi ?

– Le voyage est fatigant, sans parler des risques sanitaires. Allez-y à deux, ça fera du bien à tout le monde…

– Non, maman, je reste près avec toi !

– Pourtant, ton cousin nous invite à loger chez lui. »

Nous sommes vendredi, une nouvelle soirée *Vampire Diaries* s'annonce. J'en profite pour me rendre avec le gamin chez Bernard, un ami d'enfance retrouvé grâce à Facebook et qui vient d'emménager à quelques pâtés de maisons.

« Salut ! Tu n'as pas changé. Toujours aussi beau gosse ! »

Je ne peux pas en dire autant de celui qui a été apprenti avec moi aux Établissements *Namur & Toiture*, tant les cicatrices de la vie marquent son visage.

« Assieds-toi. Tu prends une bière ? Et le petit basané, qu'est-ce qu'il boit ?

– Une blonde, merci. Et du jus pour mon fils. »

Emmanuel, tout mignon dans son polo rouge, s'installe dans le fauteuil à côté d'un énorme plat de chips bon marché.

« Et alors, de retour à Namur ?

– Un deuxième divorce, mon patron qui me vire, et d'autres galères que je te raconterai…

– Désolé !

– T'inquiète. Mon frère m'a prêté cet appart et j'ai déjà un nouveau job. Je conduis les bus scolaires de la ville. Le *show must go on*, comme on dit. Et toi, tu as une femme et des gosses ?

– Je suis marié et l'heureux papa d'un fils adoptif, Emmanuel.

– Cool. Il vient d'où ?

– D'Égypte.

– Oups ! Tu n'as pas peur de vivre avec un musulman à la maison ? »

Sur ce sujet, je manque généralement d'humour.

« C'est mon fils, pas un étranger. Et puis, sa famille est chrétienne copte, pas musulmane. »

Je regrette immédiatement cette réponse lâchée comme une excuse, alors que je n'ai rien à justifier. Je hausse le ton sans plus chercher à ménager mon hôte.

« Tu sais, je pourrais accueillir chez moi un réfugié syrien ou un fils d'immigré marocain. OK ?

– T'inquiète pas, je rigolais !

– Quand je vois quelqu'un, je ne fais pas attention à sa religion ou à sa race !

– Moi aussi j'aime bien les étrangers, mais qu'ils restent chez eux, et nous serons mieux ! Tu ne peux pas imaginer le nombre d'enfants noirs ou arabes que je transporte dans mon bus.

– Ils sont nés en Belgique ces gosses. Ils sont chez eux.

– Ils sont quand même différents. Ils vivent comme s'ils étaient en Afrique, ils ne foutent rien, vendent de la drogue et s'en prennent à nos femmes.

– Mais t'es un con de première, toi ! »

Bernard et moi n'avons jamais mâché nos mots lorsque nous travaillions ensemble et nous retrouvons nos vieilles habitudes.

« Est-ce que tu sais que toutes les sous-espèces d'Homme sont originaires d'Afrique ? L'Homo erectus a été le premier à coloniser l'Europe en passant par le Moyen-Orient. Et puis l'Homo sapiens a suivi le même chemin. Tu connais ? L'Homme moderne, quoi. Comme toi, Bernard, tes ancêtres sont venus d'Afrique et ils ont baisé avec les femmes d'Europe. Tous les types d'humains se sont toujours mélangés entre eux. Toi, blanc bleu Belge ? Quelle blague ! L'Afrique est le berceau de l'humanité et les différences n'existent que dans ton imagination. Les tragédies, les horreurs commises au nom d'une prétendue pureté ou supériorité raciale n'ont aucun sens. Arabes, Noirs, Juifs, Tsiganes, ce sont juste des mots pour désigner des groupes, tu m'entends ? L'évolution n'a pas de frontières.

– Oh, calme-toi ! Je ne faisais que dire tout haut ce que beaucoup de gens pensent tout bas.

– Eh bien, mesure tes paroles alors ! Que tu aies peur d'un flux de réfugiés ou d'une population plus pauvre, je peux le comprendre. Mais juger un être humain sur l'état de son compte en banque ou le mépriser pour sa couleur de peau, je ne supporte pas. De quel droit, toi, tu serais supérieur à eux ? Et c'est quoi cette histoire de femme ?

– Je te jure que dans certains quartiers arabes de Bruxelles, les femmes belges n'osent plus sortir.

– Les Blanches, c'est ça ?

– Ben oui, les Belges de pure souche. Les Belges d'origine, quoi !

– Tu me les gonfles !

– Tu veux encore une bière ?

– Merci. Tu connais l'Homme de Néandertal ?

– La brute qui vivait en Europe avant nous ?

– C'est ça, une espèce de sauvage bien moins intelligent que toi : le magnifique Homo sapiens. »

Emmanuel lève la tête, soudain intéressé par ce que je vais avancer.

« Eh bien ! Sapiens s'est tapé Néandertal. Et c'est grâce à ça qu'il a survécu en Europe.

– …

– Il s'est métissé avec l'infréquentable sauvage, bête et brutal. En fait, du point de vue génétique, les Sapiens d'Afrique, les Noirs comme tu dis, sont les plus purs, car les Européens, eux, possèdent un pourcentage de gènes néandertaliens. Alors, la pure souche des femmes blanches, oublie. Sache que l'Homo sapiens est un sauvage comme les autres et le plus grand danger pour l'humanité est qu'il pense qu'il n'est plus un sauvage. »

Soucieux de changer de sujet, Bernard me raconte ses derniers déboires tandis qu'Emmanuel surfe sur mon smartphone… Je bois encore quelques bières et au moment de nous quitter, je serre mollement la main de notre hôte.

« Porte-toi bien…

– Salut. Sans rancune ?

– Bien sûr. Merci pour cette soirée, c'était sympa de se revoir. »

Sans rancune, mais je ne cautionne aucune de ses opinions racistes. On ne pardonne qu'à ceux qui demandent pardon et s'interrogent sur ce qu'ils ont fait.

Sur le chemin du retour, Emmanuel me fait part de ses réflexions. Ses yeux brillent :

« Tu crois qu'on peut aller d'Égypte en Israël ?

– Donc, tu m'accompagnes !

– On part quand ?

– Bientôt… Mais pourquoi Israël ?

– Ben, tu disais à ton ami que les Homo sapiens sont passés par le Proche-Orient pour venir en Belgique. Alors, je me suis demandé à quel moment ils avaient rencontré les Néandertaliens. Et puis, j'ai vu sur ton smartphone qu'en Israël, ils avaient découvert une grotte avec des fossiles des deux espèces. »

Je m'arrête et regarde mon fils. Je me sens bête. Moi, Sapiens bourré de sapience, j'ai été incapable de situer cette histoire dans le temps. De manière simplissime, j'ai imaginé que les ancêtres néandertaliens de ma femme avaient vécu en bord de Meuse. Pourtant, Emmanuel a raison, ils ont beaucoup plus de chances de provenir de là où Sapiens et Néandertaliens se sont rencontrés pour la première fois, au Proche-Orient.

Une fois le petit au lit, je me lance à mon tour sur la piste israélienne. Tous les articles concordent. L'arrivée de l'Homo sapiens au Proche-Orient daterait de *185 mille* ans. Ces premiers Sapiens n'étant pas expansionnistes, ils se seraient installés dans la région avant d'émigrer vers l'ouest plus de *100 mille* ans plus tard. Cette longue période aurait été propice à la fréquentation des Néandertaliens et au métissage permettant aux Hommes modernes d'acquérir les gènes utiles à la survie en Europe.

Poussé par mon euphorie, je réserve un vol d'Alexandrie à Tel-Aviv, une semaine après notre arrivée en Égypte. Et sans consulter ma femme ni l'état de mes économies. De toute façon, elle ne pense qu'à son ventre et partager sa grossesse ne m'est pas facile tous les jours.

SIXIÈME LUNE

La lune est pleine
et on ne sait pas qui l'a mise dans cet état.
Alphonse Allais

Sixième nouvelle lune

Depuis les premiers jours de juillet, nous sommes installés à Alexandrie chez Samuel, le cousin qui possède une *correspondance* de 67 % avec mon fils et partage avec lui quelques traits physiques, le sourire parfois mélancolique, le haut des yeux surtout. Certes, des « retrouvailles » sont essentielles pour l'équilibre d'Emmanuel, mais je sais ce séjour semé de chausse-trapes. Sa famille biologique est-elle réellement disposée à s'ouvrir ? Dans quelle mesure ce rapprochement va-t-il interférer dans nos existences respectives ?

Dès notre arrivée à l'aéroport, Samuel, sa femme et leurs trois jeunes enfants nous ont accueillis chaleureusement. Une subite touffeur africaine s'est emparée de nos corps fatigués tandis que les accolades et les regards rieurs tourbillonnaient. Eux ne s'exprimant qu'en arabe, et nous en français, la cohabitation aurait pu tourner au fiasco. Pourtant, leur hospitalité nous a rassérénés. Parlant peu, souriant beaucoup, nous avons partagé des repas pharaoniques, un coucher de soleil le long de la Corniche, une excursion aux pyramides de Gizeh et les chants envoûtants du muezzin au petit matin.

Aujourd'hui est jour de jeûne, pratiqué chez les Coptes. Mais surtout, nous recevons la tante maternelle d'Emmanuel, qui partage une *correspondance* de 77 % avec lui.

« Meriam, Bür Sa'ïd. »

En attendant un vieil homme du bled, qui a travaillé en France et qui devrait nous servir d'interprète, Meriam nous serre la main sans effusion, puis tente d'expliquer d'où elle vient, la ville de Port-Saïd apparue sur le cordon littoral du lac Menzalehd lors de la construction du canal de Suez.

« Qanat as Saways…

– Canal de Suez, oui ! Ferdinand de Lesseps… »

La gorge nouée, je salue cette femme encore jeune mais aux traits tirés, cherche quelques mots pour meubler le moment.

« André, Belgique, Namur… Et voici Emmanuel. »

La tante de mon fils baisse les yeux. Elle semble embarrassée et – mais comment lire sur un visage qu'on ne connaît pas – presque honteuse. Samuel apporte le thé et chasse le poids du silence par quelques gestes rituels. J'observe la croix tatouée que la plupart des disciples de l'Église chrétienne copte portent au creux du poignet. Aucun biscuit oriental n'accompagne le thé. Emmanuel se colle à moi alors que sa tante noue avec notre hôte une conversation en arabe. Soudain…

« *Nofri egoreh.*

– *Nofri egoreh*, Rachid ! »

Faisant écran à la lumière brûlante de la rue, un vieil homme apparaît. Il referme la porte, ôte le capuchon d'une grande chasuble de laine qui me serait insupportable, puis salue chacun avec déférence. Je me lève.

« Bonjour. Je suis André, le papa adoptif d'Emmanuel. Merci de vous être déplacé pour nous servir d'interprète.

– Soyez les bienvenus en Égypte. Je suis honoré de pouvoir vous venir en aide et toujours heureux de parler votre langue.

– Votre français est excellent. »

Le vieux Rachid s'assied, taisant sa propre vie. Il porte son verre de thé aux lèvres et se tourne vers sa voisine. Elle se cale au fond de sa chaise, hésite, puis commence à raconter…

« Je suis la sœur cadette de Nour. Nos parents sont arrivés à Port-Saïd dans les années soixante.

– Excusez-moi, qui est Nour ?

– La maman d'Emmanuel. »

Je n'ose pas regarder mon garçon, mes mains tremblent un peu. Rachid laisse Meriam poursuivre son histoire, traduisant deux, trois phrases à la fois.

« À l'époque, le développement de ce point d'attache du canal de Suez a généré de nombreux emplois et le village est devenu une grande ville. [...]

– Après la guerre avec Israël en 1967, les bombardements et la fermeture du canal jusqu'en 1975, Port-Saïd a pu reprendre ses activités. Nos parents se sont mariés, Nour est née en 1983, moi deux années plus tard et nous avons trois frères. [...]

– Ma sœur a rencontré Boukhis, son futur époux. Il travaillait dans la petite entreprise de notre père. Nous exportions du tabac. Elle est tombée rapidement enceinte. Le 7 janvier 2010, après la naissance d'Emmanuel, ils ont été tués à l'arme automatique devant le 9, rue Giza à Port-Saïd, pas loin de l'église où ils s'étaient recueillis. Leur bébé était dans son landau, couvert de sang, mais vivant et sans blessure. Une mouvance islamiste a revendiqué l'attentat. »

Puis elle ne dit plus rien, comme si le récit s'arrêtait là.

Emmanuel est blême, ses doigts se crispent sur ma cuisse, ses ongles s'enfoncent à travers la fine toile de mon pantalon. Il marmonne des mots que je ne comprends pas, que je lui fais répéter : « Ils ont explosé. Ils ont explosé. »

L'angoisse formulée au cimetière de Sclayn s'explique. Les flammes, les tirs, les souvenirs refont surface, le bain de sang dans lequel mon petit a été plongé. Une évocation insoutenable.

L'expression de Meriam est froide. Je me vois la détester :

« Et après ? »

Rachid traduit ma question. Elle ne répond rien, j'insiste en m'adressant à elle, je hausse la voix :

« Que s'est-il passé ensuite ? »

Je suis menaçant. Son visage se décompose. Mâchoires serrées, elle déglutit, puis reprend la parole.

« Quelques jours plus tard, mes parents, mes frères et moi, nous nous sommes réunis. Et nous avons décidé de placer Emmanuel dans un orphelinat. Je n'aurais pas pu le recueillir. Il incarnait la malédiction et l'assassinat. J'aurais eu le sentiment d'inviter le malheur dans ma maison. »

« Menteuse ! Tu es une menteuse ! C'est pas vrai, c'est pas ça. »

Emmanuel hurle et s'apprête à la frapper, je l'arrête juste à temps. Outre la perte traumatique de ses parents, il accuse maintenant le choc de l'abandon. Insupportable. Je fais signe à Meriam de nous laisser. Je le sens, elle n'en dira pas plus. Ou du moins, nous n'en saurons pas davantage aujourd'hui. Cette décision de le placer dans un orphelinat n'est pas normale, le petit a raison. En Orient, les liens familiaux sont sacrés.

Une fois sa tante partie, je prends la main de mon fils. J'aimerais lui parler, apaiser ce stress émotionnel, mais comment ? Et par quoi commencer ? Des blessures, des remords et tellement de non-dits. Je suis désemparé.

Rachid se rassied. Il semble vouloir venir à mon secours :

« Tu as un beau prénom, Emmanuel. »

L'intonation apaise le petit. Il se tourne vers le vieil homme.

« Sais-tu que tu es né dans le plus fabuleux pays du monde ?

– …

– Tu connais Oum Kalthoum ? C'était plus qu'une chanteuse, c'était l'âme de l'Égypte moderne. »

Rachid regarde à travers nous, ses yeux sont fatigués, sa voix tremble.

« Après la guerre des Six Jours en 1967, nous avons perdu le Sinaï et Gaza. Moi, j'étais en France, à Paris. Oum Kalthoum a tenu à se produire à l'Olympia, exigeant un énorme cachet à reverser à l'Égypte en guise d'effort de guerre. Des centaines d'Arabes se sont ruinés pour assister au concert. Il a duré jusqu'à une heure du matin, mais je n'ai pas pu avoir une place… »

Le regard de notre interprète s'imprègne d'une folie douce. Où veut-il en venir ? Pourquoi nous raconte-t-il cela ?

« Oum Kalthoum a vendu tous ses bijoux pour son pays et elle a chanté en Tunisie, au Soudan, en Irak, partout dans le monde arabe. »

Mon fils le regarde de son petit air sérieux. Je ne sais pas à quoi il pense. Écoute-t-il ce vieux fou ? Songe-t-il à sa maman, à l'abandon ? J'ai si peur qu'il souffre.

« Tu vois, Emmanuel, tu es né dans un grand pays… Puis Nacer est mort et Oum Kalthoum a décidé de ne plus jamais chanter. *Quand le soleil est éteint, même la lune arrête de briller.*

– …

– Tu comprends tout cela ? L'incendie de l'Opéra du Caire, le 28 octobre 1971. La disparition d'Oum Kalthoum le 4 janvier 1973. Dis-moi, petit…

– Non, je ne comprends pas. Je ne comprends rien. Je ne sais pas qui est Oum Kalthoum ni Nacer, Nour ou Boukhis. Ni personne d'ici. Je sais seulement que vous m'avez abandonné. »

« Le taxi est là ! »

J'accours, embarque la dernière valise et m'assieds près du petit. Samuel s'installe devant pour nous accompagner jusqu'à l'aéroport. Quelques vagues signes à notre famille d'accueil mettent fin à ce court séjour en Égypte. Reviendrons-nous un jour ? Pas moi. Peut-être mon fils, quand il aura digéré tout cela.

« To the Airport, please ! »

Durant le reste du séjour, notre hôte a tout fait pour détendre l'atmosphère, multipliant les attentions et les présents envers Emmanuel. Mais le petit ne s'est pas déridé. Il a le cœur meurtri et sa blessure mettra du temps à cicatriser. Je lui prends la main et la serre doucement alors que le taxi passe devant l'emblématique bibliothèque d'Alexandrie.

« Bibliotheca… »

Sur les lieux qui recelaient cinq cent mille manuscrits antiques aujourd'hui disparus se dresse le plus grand centre culturel du Proche-Orient, un joyau spacieux en forme de disque solaire.

Hier, le vieux Rachid pas si fou que cela est venu me parler des dernières composantes de cette tragédie. Nour et Boukhis étaient des activistes coptes et n'ont pas été assassinés à l'aveugle. Ils étaient directement visés et, face aux menaces de mort proférées envers leur fils, la famille a préféré confier Emmanuel à un orphelinat. Dans un geste d'amour et non de rejet.

Il me faudra vite trouver les mots pour lui expliquer ces circonstances.

Les paysages défilent et les sirènes chantent encore la même mélodie. Alexandra, Alexandrie, où tout commence et tout finit…

Nous arrivons à Tel-Aviv dans l'après-midi.

« Why are you coming to Israël ? »

J'essaie de répondre tant bien que mal à l'interrogatoire du policier escorté par deux soldats armés jusqu'aux dents.

« Euh ! Hollidays… Haïfa.

– Do you have weapons ? »

Devant mon incompréhension, une collègue se charge de poursuivre en français. Après dix minutes de questions aussi stressantes qu'étonnantes, je sors de l'aéroport, me demandant encore comment ils peuvent démasquer un terroriste en allant si droit au but. Nous embarquons dans un bus en direction du nord.

Lorsque, le dos cassé par deux heures de cahots, j'ai récupéré mes bagages, un rabbin m'indique le chemin de notre pension, pas loin de la gare routière. Nous mangeons à peine et j'envoie le petit au lit.

« Non ! Tu vas te coucher et tu ne discutes pas. Moi, je vais faire un tour… »

Ce trop-plein d'émotions m'a vidé. J'ai besoin d'être seul, ou plutôt de ne plus le voir. Ses yeux rougis alors que nous quittions l'Égypte, ses sanglots ravalés me font trop mal.

Le matin suivant, le sommeil et l'éloignement semblent avoir émoussé l'intensité de sa douleur. Il m'embrasse. Après le déjeuner partagé à l'ombre d'orangers, nous prenons le taxi qui nous conduit en une demi-heure à la grotte de Misliya, en haute Galilée. Comme je l'avais demandé lors de ma réservation, un guide parlant français nous attend. Et après les présentations d'usage, il nous précède dans l'immense cavité dont l'atmosphère fraîche contraste avec la chaleur de juillet.

Les Sapiens sont installés sur le mont Carmel depuis *185 mille* ans ! Quand ils sont arrivés, de nombreux Néandertaliens vivaient déjà dans cet eldorado, poussés depuis quelques millénaires par les grands froids du nord de l'Europe en pleine période glaciaire. Et ici à Misliya, des restes d'Homo sapiens et d'Homo neanderthalensis ayant vécu à la même époque ont été trouvés dans deux grottes voisines. Exaltant !

La présence dans mon sac à dos de la clef USB contenant le séquençage d'Ève m'incite à rencontrer un spécialiste israélien. Comme dans le sillon Sambre-et-Meuse, cette région regorge de fossiles néandertaliens, beaucoup plus anciens cependant. Et je ne veux absolument pas repartir en Belgique sans les avoir comparés au génome de ma femme.

Le lendemain, nous admirons les grottes de Qafzeh et de Skhul près de Nazareth, la ville de Marie et de Joseph. Le surlendemain, nous nous rendons à Tabun puis à Amud. Tous les jours, après nos visites, nous profitons d'une des plages d'Haïfa pour nous baigner, ou nous nous promenons dans les quartiers populaires, surpris par la mixité et la tolérance régnant entre les habitants. Les juifs côtoient les musulmans, les rabbins orthodoxes croisent des groupes de jeunes en jeans et tee-shirt alors que les chrétiens sont arabes !

Puis, de retour à notre pension, je téléphone au guide de Misliya, insistant poliment pour qu'il intervienne. La première fois, il m'avoue n'avoir rien cherché. Le deuxième soir, a-t-il vraiment laissé un message sur le répondeur du docteur Emmanuel Nantet, archéologue français enseignant à l'Université d'Haïfa ? La troisième fois, de retour de Dederiyeh et de la sépulture de Kebara, j'obtiens le numéro de téléphone dudit professeur et nous convenons d'un rendez-vous le vendredi dans la journée. Emmanuel reste aussi taciturne et j'en souffre.

« Installez-vous ! »

Alors que, depuis son ordinateur portable, Nantet lance les différentes recherches qui selon lui n'ont aucun sens, nous abordons le sujet qui me passionne. De son patio, la vue sur la Méditerranée est grandiose et fascine les humains depuis des centaines de milliers d'années. Emmanuel s'est calé dans un fauteuil pivotant face la baie vitrée, le visage fermé.

« Nous pensons qu'au moins deux grandes vagues d'émigration sapiens ont eu lieu, provenant d'Afrique en passant par l'Égypte. »

Le petit tressaille, l'évocation de son pays d'origine réveille ses tourments.

« Les premiers Hommes modernes étaient relativement sédentaires : une fois installés dans la région, ils se sont reproduits en masse avec les Néandertaliens locaux. L'hybridation sur le mont Carmel ne fait aucun doute. Les deux sous-espèces partageaient une anatomie proche et la bipédie… »

Emmanuel sourit, se rappelant avoir appris ce mot… Mon cœur se rassure.

« Sur chacune des deux sous-espèces, on a trouvé le même gène favorisant la communication et la physiologie de leurs larynx et pharynx le prouve : ils avaient un langage articulé. Peut-être ne parlaient-ils pas la même langue, mais ils échangeaient.

– Et leurs intelligences respectives ?

– Assez proches aussi. Ils avaient domestiqué le feu et fabriquaient des outils complexes en pierre ou en os. Disons que l'Homme de Néandertal était plus puissant et que ses facultés sensorielles étaient surdéveloppées tandis que le Sapiens avait cultivé des relations sociales et une aptitude cognitive.

– Si nous pouvions remonter dans le temps, mon fils et moi… Je pense que nous reviendrions ici pour assister à l'une de ces rencontres. »

Cette évocation naïve laisse le temps à notre hôte de vérifier les premiers résultats sur son ordinateur, puis de lancer une nouvelle recherche.

« Je n'ai bien sûr trouvé aucune concordance avec les fossiles néandertaliens découverts en Israël. Je suis désolé. J'examine maintenant les Sapiens. »

Le professeur a raison. Jusqu'ici, je me suis focalisé sur les ancêtres néandertaliens de ma femme alors qu'une *correspondance* génétique avec un Sapiens préhistorique aurait autant d'effet sur le monde scientifique. Je reste pantois devant mon aveuglement.

Calé dans le fauteuil, Emmanuel s'est tourné vers nous.

« On a retrouvé des bébés ?

– Non. Il faut aller en Roumanie, à Oase, pour trouver des descendants métis directs entre les deux sous-espèces.

– Ils ont fait comment, les bébés ? »

L'archéologue sourit, puis élude la question par la reprise de ses explications.

« Nous supposons que les deux sous-espèces n'ont jamais cohabité. En partant de l'hypothèse que les enfants primitifs vivent dans la tribu de leur mère, seuls les fruits d'une Sapiens avec un homme de Néandertal ont pu transmettre les gènes néandertaliens à l'Homme moderne. Mais j'attendrai le retour de votre voyage dans le temps pour en avoir la confirmation. »

Sans sourire, je relance.

« À propos de l'importance du taux génétique néandertalien que nous possédons, quelle est votre explication ?

– Les premiers Sapiens ont vécu *100 mille* ans, ici au Moyen-Orient, et ont partagé le mont Carmel avec les Néandertaliens installés, s'hybridant régulièrement à eux. Bien plus tard, lors d'une deuxième vague de migration plus expansive, les nouveaux Sapiens sont restés moins longtemps. »

Le professeur prend une feuille blanche, s'approche d'Emmanuel et griffonne la géographie de la région, pointant Haïfa au bord de la Méditerranée.

« Tu vois, ils sont arrivés par là, puis certains sont repartis vers l'ouest après avoir eu le temps de se croiser avec les premiers Sapiens déjà sur place. Et donc, après avoir assimilé les quelques gènes néandertaliens. Forts de ces gènes positifs qui leur ont permis de résister au froid et aux maladies du Nord, ceux-là se sont alors répandus dans toute l'Europe. »

Sans surprise, l'ADN d'Ève n'a trouvé aucun écho dans les bases de données israéliennes. Nous retournons dans nos appartements d'Haïfa où Emmanuel s'ouvre un peu.

« Quand est-ce qu'on revient en Belgique ? »

Tout en dégustant quelques brochettes d'agneau au yoghourt et aux concombres, nous discutons de la suite de notre escapade.

« Tu as envie, toi ?

– Pas tout de suite.

– On est bien tous les deux, non ? »

La torpeur d'une fin de journée fort chaude nous invite à poursuivre notre quête… Mon patron ferme l'entreprise durant tout juillet et j'espère que ma femme comprendra notre changement de programme. Après quelques recherches pratiques sur Internet, nous décidons de réserver un vol Tel-Aviv – Bucarest. Le métis retrouvé à Oase nous intéresse et, malgré ce surcoût dans notre budget vacances, le risque encouru par Ève justifie une petite escale danubienne.

Sixième pleine lune

Nous atterrissons tard le soir en Roumanie. Ici, aucune famille bienveillante ne nous accueille, pas de taxi, pas d'hôtel réservé. Le budget vacances est déjà bien assez entamé comme ça, et même largement dépassé ! Qu'à cela ne tienne, nous nous adapterons. L'été est chaud, mon gamin est avec moi et les contacts téléphoniques quotidiens avec Ève me réconfortent. Notre Marie a aujourd'hui la taille d'une aubergine et sa maman a pu exprimer son soulagement quand, ce matin, lors de l'échographie, elle a compté deux hémisphères, deux reins, dix doigts et dix orteils.

Un dortoir collectif de l'auberge de jeunesse nous permet de nous reposer quelques heures au milieu de ronflements bizarres et de quelques cafards. Au petit matin, nous examinons avec circonspection la colonie de grosses fourmis dans la salle à manger. Puis, rassasiés de pain blanc à la confiture de myrtilles, nous poursuivons notre périple. Avec la révision à la baisse de nos prétentions financières, notre voyage prend une tournure plus aventureuse qui amuse mon fils. Nous nous procurons du matériel de camping, troquons nos valises contre des sacs à dos vieux modèles et quittons la capitale roumaine par le train, direction l'ouest.

« Pourquoi vous avez voulu que j'aille en Égypte ? Je n'avais pas besoin de savoir tout ça, moi ! »

Revenus à l'ère où le temps défilait aussi lentement que le paysage danubien, nous passons les dix heures de trajet à observer les Sapiens autochtones, lire le guide touristique en français déniché en ville, mais surtout à ouvrir nos cœurs…

« Je pense que c'est toujours mieux de ne pas se cacher une vérité qui de toute façon est en nous. »

Le temps qu'Emmanuel réfléchisse à ce que je viens de dire, je rassemble mes mots et lui exprime la principale raison de son abandon. Puis je le laisse y penser…

« Peut-être que ma tante serait venue me rechercher plus tard, si vous ne m'aviez pas adopté.

– Peut-être. »

À Timișoara, les campings ne manquent pas et dormir en plein air nous amuse. Le lendemain, de jeunes écureuils couinant autour de la tente nous sortent de nos couettes. Nous apprenons que rien n'est organisé pour rejoindre la *grotte aux Ossements*, mais l'autostop sauve la mise, d'autant que les Roumains sont charmants et possèdent de bons rudiments de notre langue.

Arrivés à destination, nous poursuivons avec un guide francophone notre tournée internationale des sites préhistoriques. Oase I, le premier crâne découvert ici en 2002, est exceptionnel. Il s'agit d'un Homo sapiens vieux de *38 mille* ans dont l'arrière-arrière-grand-père était un Homo neanderthalensis avec qui il partage une *correspondance* de 50 % sur le douzième chromosome. Malheureusement, la lignée issue d'Oase I est éteinte et la comparaison avec l'ADN d'Ève ne donne rien, même si ce fossile unique au monde est une preuve irréfutable de l'hybridation Sapiens-Néandertal.

De retour à la tente, je lave nos tee-shirts sales pendant qu'Emmanuel ramasse du petit bois dans la forêt. Des braseros sont disposés à certains endroits du camping et, le soleil couché, nous chauffons quelques morceaux de bœuf à même les flammes. Un melon sucré complète ce mets de choix et les branchages restants suffisent pour veiller dans une nuit devenue fraîche.

« C'est qui mes vrais parents ? Vous ou eux ?

– Ce sont eux. »

Je vais chercher une feuille blanche et quelques crayons de couleur.

« Tu veux dessiner ton arbre généalogique d'Égypte ? »

Malgré la pénombre, il inscrit son nom, celui de Nour, Boukhis, Meriam, Samuel, sa femme et ses enfants. Puis, à mon grand étonnement, il calligraphie *Ève*, *André*, *Marie*, pour une généalogie rare à quadruples ascendants.

Apaisé par la représentation riche en symboles, il pense à autre chose :

« Comment tu l'as rencontrée, maman ?

– Au cinéma.

– Raconte-moi…

– … Je voulais absolument voir *Le Goût des autres* d'Agnès Jaoui. J'étais en retard et l'ouvreuse m'a montré une place avec sa lampe de poche. Je n'oublierai jamais le rouge du fauteuil en velours, et puis maman juste à côté, en minijupe…

– Et alors ? Tu t'es assis, vous vous êtes parlé ?

– Je me suis installé pour regarder le film. Et à un moment donné, sans vraiment réfléchir, elle s'est penchée vers moi et nous nous sommes embrassés.

– Sur la bouche ?

– Le plus beau des baisers d'amoureux ! Et on ne s'est plus jamais quittés. »

Troublé par cette évocation, je lève les yeux vers le ciel étoilé. Ève me manque…

« Mais tu sais, Emmanuel, toutes les rencontres sont différentes. On ne se fait pas souvent un vrai bisou après cinq minutes ! »

Nos pensées parcourent le temps et l'espace, happées par l'appel du passé. Les flammèches du brasero crépitent dans nos pupilles, nous sommes bien tous les deux, étendus sur un sac de couchage.

« Papa, tu dors ?

– Non, non ! »

La plupart du temps, dès que je me pose en fin de journée, une épaisse fatigue s'empare de moi. J'ai l'impression de crouler sous vingt kilos d'émotions. Le petit me maintient à flot.

« Tu crois que nos ancêtres, ils s'embrassaient après cinq minutes ?

– Je ne sais pas. Peut-être que l'homme de Néandertal qui a rencontré la multi-arrière-grand-mère de maman, il l'a vite embrassée.

– Peut-être.

– Tu te rappelles l'histoire que je t'avais racontée, un jour où j'étais rentré tard ? La Sapiens qui se baladait toute seule, le soir dans la forêt, pour ramasser du bois. Elle était comment, tu crois ?

– Aussi belle que maman, avec des doigts fins et des longues jambes, mais elle avait la peau bronzée comme moi. Elle avait froid avec sa minijupe en poil d'ours. »

Qu'il parle d'Ève en utilisant le mot *maman* m'apaise et me rassure…

« Et peut-être qu'elle chantait pour se réchauffer. Alors, sa voix douce a attiré le Néandertal.

– Il est arrivé en face d'elle et ils se sont regardés. Ils avaient un peu peur.

– Lui, il n'était pas vraiment beau, mais il se montrait très fort. Il avait la même taille qu'elle, prêt à bondir et à courir très vite si un danger survenait. Il avait de gros sourcils, une énorme mâchoire et une musculature comme elle n'en avait jamais vu.

– Et il était blanc de peau.

– Tu as raison. Elle ne faisait pas attention à sa lance ni aux lapins qu'il venait d'attraper, mais elle regardait ses muscles puissants et clairs, et puis ses yeux très doux.

– Tu crois qu'ils se sont parlé ?

– Je pense plutôt qu'à ce moment-là, comme maman et moi au cinéma, ils se sont embrassés. C'était plus fort qu'eux.

– Et ils sont tombés amoureux !

– Et puis, ils ont certainement tenté de communiquer.

– Ils parlaient la même langue ?

– Sûrement pas. Mais quand on s'aime, on exprime facilement tout ce qu'on ressent, avec des regards, des gestes, des gémissements.

– Ils ont fait quoi, alors ?

– Elle lui a signifié qu'elle avait encore du temps avant de rentrer dans sa tribu. Puis, ils se sont fait un petit nid de feuilles mortes et ils se sont couchés pour mieux se connaître.

– Il a montré ses muscles ?

– Et puis, il a découvert comme la peau de son amoureuse sapiens était douce. »

Je sens Emmanuel rougir.

« Et alors, ils ont dû se séparer. Elle est rentrée à la grotte des Sapiens. Elle avait un bébé néandertalien dans le ventre, elle était heureuse.

– Ils se sont revus ?

– Sûrement ! Il l'a revue au début, puis les tribus se sont éloignées. Par contre, son enfant, il ne l'a peut-être jamais connu. Mais il a toujours gardé avec bonheur le souvenir d'une magnifique femme sapiens, si douce et bronzée. »

– Moi, j'ai un peu connu mon papa avant qu'il meure. Pas toi, mon autre papa…

Le petit bonhomme s'est endormi. Je le soulève et le porte jusqu'à notre tente. Je me sens seul, comme toujours lorsque la nostalgie étreint mon âme.

Dernier croissant de la sixième lune

Les quelques jours de farniente au camping de Timisoara nous ont permis de profiter de l'été et de prendre un peu de recul vis-à-vis de notre enquête. Ainsi, les grottes de la vallée de la Meuse ont été le point de départ d'un périple nous conduisant au plus près de la cohabitation des deux dernières sous-espèces humaines occidentales. Sur le mont Carmel en Israël, nous avons réalisé qu'Ève, bien que portant une importante trace néandertalienne, est avant tout une Sapiens dont les ancêtres se sont répandus dans toute l'Europe.

« On rentre à la maison ?

– Je n'ai pas envie d'abandonner nos recherches maintenant. Mais ce sera notre dernière étape. Maman a grand besoin que nous soyons près d'elle. »

Certaines vagues de Sapiens vieilles de *45 mille* ans ont immigré dans le Périgord noir. Et l'intime conviction de toucher au cœur de l'enquête m'incite à poursuivre notre voyage jusqu'au berceau des Hommes de Cro-Magnon.

Nous tenons Ève au courant et lui racontons nos diverses péripéties. Bien sûr, elle manque à mon fils autant qu'à moi, même si les séparations sont toujours moins douloureuses pour celui qui court le monde que pour celui qui reste.

« Tu es sûre que tu ne préfères pas que nous rentrions en Belgique ?

– Ça va… Sans vous, je suis redevenue plus sauvage, et ma notion du temps a changé.

– Mais la solitude ne te pèse pas trop ?

– Je vois quelques amis. Faites ce que vous avez à faire… »

Je raccroche, inquiet. Dans un couple, rien ne peut remplacer la présence de l'autre au quotidien. Les gestes de tendresse et les tête-à-tête entretiennent le sentiment amoureux alors que la distance l'anesthésie.

J'éprouve un malaise diffus. La femme de ma vie me manque alors que l'espace et les semaines qui passent la dépersonnalisent. Aussi, je me demande lesquels de nos amis elle fréquente. Je lui téléphonerai plus longuement quand nous serons en France.

Nous prenons les deux dernières places d'un autocar assurant la liaison jusque Genève. De là, nous rejoindrons Bordeaux à l'aide d'un autre bus, le moyen de transport le moins coûteux. Alors qu'Emmanuel occupe son temps avec *Simba Le Roi Lion* suivi de *Hakuna Matata*, je rêvasse en regardant défiler la Hongrie puis l'Autriche. J'ai le vague sentiment de revivre la migration de l'Homo sapiens vers l'Europe de l'Ouest et de m'approcher d'une forme d'eldorado.

Le soir tombé, j'admire le dernier croissant de lune qui dansote au rythme des soubresauts du véhicule. Tous les passagers se sont endormis. Et lorsque la somnolence s'empare enfin de moi, l'autocar prend la sortie pour se ranger près d'un restoroute. Comment puis-je dévorer avec autant d'appétit de la choucroute et des saucisses que j'aurais, en temps normal, trouvées médiocres ? Dans l'espoir de m'assoupir, j'ingurgite une bière forte avant de rejoindre le véhicule et je m'emboîte contre mon fils.

Évidemment, la bière me donne envie d'utiliser les toilettes nauséabondes du car et mes gesticulations pour me dégager réveillent le petit. Réinstallé, je cherche le sommeil en me replongeant dans mes pensées préhistoriques. Quand ils ont atteint cette région d'Allemagne, les Sapiens possédaient tous les gènes immunitaires néandertaliens nécessaires pour survivre aux maladies d'Europe occidentale. Ils s'étaient croisés au Proche-Orient et poursuivaient leur transhumance vers l'ouest, s'hybridant parfois aux Néandertaliens du cru.

« Raconte-moi encore… Au moment où ils ont fait le bébé. »

Dans une espèce de transmission de pensées, la préoccupation de mon fils me rejoint sous une forme plus explicite. Mais pour l'heure, mon souci de père adoptif est de lui inculquer quelques valeurs comme l'acceptation du corps, le respect de l'autre et le sacré émanant de tout ce qui touche à la vie.

« Tu te souviens, dans la forêt ? La Sapiens ancêtre de maman et l'homme de Néandertal, quand ils se sont couchés dans un nid de feuillage ? »

Emmanuel se relève et me regarde. Je vois dans ses yeux marron les reflets des voitures croisées, et puis la lune plus haute dans le ciel.

« Raconte ! »

Je le sens un peu tendu comme avant la révélation d'un grand secret.

« Eh bien, ils se sont mis nus l'un contre l'autre et se sont recouverts de leurs vêtements en peau de chamois pour se protéger des moustiques et du froid. Puis, ils se sont caressés, ils se sont embrassés sur la bouche, ils ont échangé des mots ou des soupirs pleins de douceur et de poésie… Pendant tous ces moments-là, longtemps avant que l'homme ait déposé sa graine dans le ventre de la Sapiens, et même après, ils ont ressenti un immense bien-être comparable à ce que toi tu peux aimer de meilleur pour ton petit corps. »

Mon bonhomme regarde par la fenêtre, rêveur. Nous venons de dépasser Munich en direction de Constance et Zurich… La télévision passe en boucle de classiques muets de Charlie Chaplin, *Les Temps modernes* et *La Ruée vers l'Or* tandis qu'un CD des Bee Gees berce les passagers pour la plupart endormis.

« Et elle est devenue enceinte, alors ?

– Oui. Si la fécondation a eu lieu, une première cellule s'est formée dans son ventre et puis s'est multipliée pendant dix lunes.

Comme chez ta maman d'Égypte, chez ta maman de Namur, chez toutes les femmes du monde depuis la nuit des temps. »

SEPTIÈME LUNE

Chacun de nous est une lune,
avec une face cachée que personne ne voit.
Mark Twain

Septième nouvelle lune

Installés dans une chambre d'hôtes dénichée aux Eyzies, nous nous rendons au Grand Roc. Nous sommes en retard. Sur la terrasse située à l'entrée de la grotte, le soleil encore haut illumine l'impressionnante statue de l'Homme primitif. Son regard est tourné vers la vallée de la Vézère regorgeant de sites inscrits au patrimoine mondial de l'Unesco. Sur la droite, nous pouvons deviner l'abri Cro-Magnon qui accueille aujourd'hui le musée.

La commune des Eyzies est une étape idéale de notre quête. L'exposition visitée la veille nous a appris que les squelettes trouvés en 1868 au *cros magnon – grand creux,* en occitan – ont été une des premières preuves de la théorie de l'évolution humaine, les scientifiques choisissant le terme « Homme de Cro-Magnon » pour désigner les premiers Sapiens installés en Europe de l'Ouest.

« Elle arrive quand la dame ?

– Elle devrait déjà être là. »

Nous attendons la professeure émérite Hélène Berger, à qui j'ai raconté la raison de notre séjour, hier au musée. Fascinée par notre histoire, elle m'a proposé un rendez-vous pour en discuter.

« Ça va durer longtemps ?

– Je ne sais pas. Pourquoi ?

– Maud m'a promis de me montrer sa collection de pierres semi-précieuses et… »

Maud est la fille du gîte où nous logeons. Neuf ans, de longs cheveux bruns soyeux et un visage à faire pâlir de jalousie les anges périgourdins.

« Tu l'aimes bien ? »

Sans répondre, Emmanuel se tourne vers la vallée.

Je souris, pense à Ève, à mes propres sentiments. Ce matin, au téléphone, le ton employé par ma femme semblait plus distant que d'habitude. Et alors que je lui demandais si elle voyait du monde, elle m'a avoué que mon ami Bernard lui rendait visite de temps en temps. Bernard ! Qu'est-ce qu'il vient foutre chez moi, celui-là ?

« Ça ne t'ennuie pas que j'aime bien Maud ? Tu veux bien ?

– Bien sûr ! Mais c'est ton petit cœur à toi, personne ne peut décider à ta place si tu es amoureux ou pas.

– Comment on sait qu'on est amoureux ? »

Vaste question. Je réfléchis quelques instants. Alors que, moi-même, je ne suis jamais parvenu à diagnostiquer la maladie d'amour, je tente d'en décrire quelques symptômes.

« Si tu penses tout le temps à Maud, si tu as envie de lui raconter les beaux moments que tu vis, si son parfum te fait du bien et que tu imagines son visage quand tu t'endors, alors tu peux dire que tu es amoureux.

– …

– Et puis surtout, si quand tu la vois, tu ressens plein de picotements sur la peau, partout, dans le ventre aussi, et tu as une impression de doux et de très chaud. Alors là, c'est sûr ! La peau dit toujours la vérité. »

Piquée de pierres blondes ou de calcaire blanc, frappée de falaises tourmentées et d'espaces verdoyants, la vallée est l'écrin de notre mélancolie.

« Ah, vous êtes encore là ! Je suis désolée pour mon retard. »

Hélène Berger, brunette proche de la cinquantaine, docteur en anthropologie, nous apparaît comme un rayon de soleil. Dans une tenue estivale beaucoup plus légère que celle qu'elle portait au musée, elle me sourit, embarrassée.

« J'ai reçu la visite surprise d'un confrère de Paris et je ne peux malheureusement pas rester aujourd'hui. Il m'attend dans mon bureau et nous en avons pour quelques jours de travail. Vous serez encore dans la région la semaine prochaine ?

– Nous devons partir dimanche.

– J'aimerais discuter du cas de votre épouse pour mieux comprendre. Vous ne pourriez pas prolonger votre séjour ? »

Emmanuel me regarde avec tout l'espoir de voir Maud quelques jours de plus.

« Avez-vous visité la grotte de Font-de-Gaume ?

– Non, pas celle-là.

– Je vous y attendrai mercredi à 14 heures. C'est mon jour de pause. Pour me faire pardonner, je serai votre guide personnelle. Vous ne le regretterez pas ! »

Comment décevoir mon fils ? Et comment résister au sourire de la professeure Berger ? Une légère brise soulève ses cheveux courts, dévoile sa nuque hâlée…

« D'accord, nous essaierons d'y être. »

Notre interlocutrice s'intéresse alors quelques minutes à Emmanuel, partageant avec lui son savoir sur les outils préhistoriques en silex ainsi que les armes en bois de renne que nous avons admirées au musée. Les Sapiens sont de redoutables prédateurs et la grande faune se fait vite rare partout où ils manifestent leur présence. Puis Hélène Berger disparaît comme elle est apparue, laissant le soleil du soir reprendre sa place caressante sur nos visages réjouis.

« On va au gîte, maintenant !

– Oui. Je dois demander si nous pouvons garder la chambre. Et puis prévenir maman. Et puis téléphoner à mon patron. Il va râler !

– On reste, alors ?

– On reste. »

Premier croissant de la septième lune

Après avoir discuté presque une heure avec Ève, Emmanuel me passe le téléphone du gîte. Rarement je l'ai senti si proche de sa maman adoptive. Les circonstances de la disparition de ses parents, l'abandon salvateur de sa famille, les révélations archéologiques et même ses sentiments pour Maud, toutes les émotions de ces dernières semaines sont sorties naturellement de son petit cœur de onze ans. Moi, j'ai surtout admiré l'écoute attentive de ma femme et ses mots pour rassurer notre fils.

Lorsqu'elle entend ma voix, Ève change immédiatement de ton :

« Je ne me sens pas bien !

– Qu'est-ce que tu as ? Des problèmes avec notre bébé ?

– Marie se développe bien et elle vient de se retourner dans mon ventre.

– Dis-moi ce qui ne va pas alors !

– Je ne sais pas, une anxiété désagréable et puis un mal de tête lancinant. Je suis stressée, surtout le soir et la nuit. Tous ces énormes animaux, je ne parviens pas à les chasser, ils reviennent toujours plus près.

– Qu'est-ce que tu dis ? Quels animaux ?

– Des aurochs et des rennes surtout, en masse. Ils se couchent près de mon visage et m'oppressent.

– Oh, des cauchemars ! Qu'en pense le médecin ?

– Je prends du paracétamol et quand je place les compresses chaudes sur mon front, le mal se dissipe. Mais dès que je m'endors, les animaux reviennent. Ils s'installent autour de moi et j'ai peur.

– J'ai encore un rendez-vous aujourd'hui avec quelqu'un qui pourrait nous aider à susciter l'analyse de tes gènes. C'est une question de jours puis nous remonterons en Belgique. Courage, nous serons bientôt à la maison. Tu en as parlé à ma maman ? Ne pourrait-elle pas venir chez nous, le temps que je rentre ?

– Je ne suis pas seule, Bernard est en congé et il passe très souvent. Il est gentil.

– Je ne comprends pas ce qui te plaît chez Bernard. Il est un peu con, non ? »

J'essaie de ne point fulminer.

« Il m'aide, il discute… Vous êtes partis depuis plus de cinq semaines, tu sais ! »

Que répondre ? Ève n'est pas dans le reproche, et jamais elle ne se plaindra de qui que ce soit. Elle n'agit qu'en fonction des aléas de sa vie. J'insiste :

« Tu ne demanderais pas à maman de venir près de toi, le soir ?

– Ce n'est pas la peine. Quand je ne suis vraiment pas bien, Bernard reste à l'appartement, il dort dans le canapé… »

Après l'effort surhumain consenti pour garder mon calme au téléphone et parce que respecter les choix de ma femme est plus intelligent que de cracher mon fiel, je rejoins Emmanuel sans rien dire. Le petit bonhomme a égoutté les pâtes et les mélange avec de la sauce tomate en boîte. Nous avons juste le temps de manger et de remettre la cuisine en parfait état de propreté. Notre rendez-vous avec la professeure Berger est à une demi-heure à pied.

« Bonjour, Hélène.

– Allons-y ! Pour conserver les peintures rupestres de cette grotte, le nombre de visiteurs journaliers est réduit, mais je vous ai pris deux places.

– Merci !

– Avec plaisir ! En échange, vous me raconterez en détail l'histoire de votre femme et de ses ancêtres proches. »

Elle emprunte une porte de service. Je la suis sans parvenir à détacher mon regard de ses fesses en forme de grosses pommes. Notre guide personnelle porte un short léger et un tee-shirt mettant ses opulences en valeur.

Une fois mon récit terminé et ma clef USB en sa possession, la professeure réfléchit quelques secondes avant de nous promettre de faire le maximum pour nous venir en aide et faire parler le contenu de ce petit support électronique.

En raison du droit d'entrée élevé, mais surtout parce que les touristes ne sont plus admis sur le site originel, Emmanuel et moi avons renoncé à visiter le superbe fac-similé de Lascaux. La grotte Font-de-Gaume par contre abrite l'un des plus beaux sanctuaires paléolithiques encore ouverts au public. Dès les premiers pas dans cette galerie de dessins et gravures figuratives, j'en oublie mon trouble pour un saut dans la préhistoire. La voix d'Hélène, douce et grave, caresse les parois rupestres, les bisons, chevaux et mammouths polychromes avant de me parvenir. À la lumière de ses explications, j'ai l'illusion d'apercevoir les visages de quelques femmes et hommes anciens dans le halo formé par une lampe à os d'ours.

« Venez près de moi, je vous ai gardé pour la fin ce trésor artistique unique au monde. »

Emmanuel tombe en admiration devant la peinture d'aurochs en pleine course. Le pigment, probablement pulvérisé avec la bouche, a permis d'obtenir des contours diffus et des dégradés de couleur qui accentuent l'impression de mouvement.

J'invite notre guide à prendre l'apéritif à l'ombre de chênes-lièges. Emmanuel salive devant un grand verre d'Orangina frais tandis que je partage un demi de Monbazillac sans plus me soucier d'Ève et de son Bernard… Le vin liquoreux monte à la tête et nous rions tous les trois de bon cœur quand Hélène, divorcée depuis peu, raconte des anecdotes croustillantes de sa vie privée. Elle s'était mariée avec un collègue aussi maniaque qu'intelligent, dont les extravagances ne manquaient pas de piment.

« Je dois partir. Comptez sur une semaine, le temps que j'explore toutes les pistes auxquelles je pense.

– D'accord. Notre chambre est libre jusque jeudi prochain et j'ai déjà acheté les billets de train pour la Belgique. Notre hôte nous conduira à la gare.

– Nous pourrions nous voir mercredi, alors ! Vous aimez le canoë ?

– Euh ! Nous avons fait du kayak sur la Lesse.

– Si ça vous dit, ils organisent une descente à partir des Eyzies.

– Pourquoi pas ? Emmanuel, tu demanderas à Maud de venir avec nous ? »

Le petit pétille de joie tandis qu'Hélène me fait un clin d'œil.

« Je vous fais la bise ! À bientôt... »

Alors que la professeure Hélène Berger s'éloigne d'un pas chaloupé, Emmanuel suit mon regard et me questionne :

« Tu penses à quoi ?

– À la cinquième symphonie de Beethoven ! »

La frimousse en point d'interrogation, il m'observe longuement. Je ris, et complète ma réponse en entamant les premières notes.

« Pomme, pomme, pomme, pomme... Pomme, pomme, pomme, pomme ! »

Durant quatre heures, la descente en canoë partant des Eyzies nous promet dix-huit kilomètres de plaisir à travers de superbes paysages. Maud, habituée à ces escapades sportives, pourra tenir le rythme d'une embarcation biplace avec Emmanuel. Installée devant, elle commande la cadence et, de son parler chantant du Sud-Ouest, commente l'apparition au fil de l'eau des moindres curiosités.

« *Regardeuh*, le vieux village *troglodyteuh*, là ! »

Hélène dirige les manœuvres de notre canoë. Elle porte un bikini complété d'un tee-shirt court qui protège ses épaules du soleil. Les chairs, accumulées en hiver lors de colloques riches en petits fours, rebondissent gracieusement à chaque coup de rame.

Soudain, elle interrompt son effort et me sourit.

« J'adore cet endroit où la rivière est plus large, ralentissons un peu. La petite est mignonne, mais quel bagou ! »

Emmanuel et Maud s'éloignent, leur papotage s'évanouit…

« Ne vous inquiétez pas, l'eau est très calme en été, ils ne courent aucun danger. »

Nous reprenons le cours de l'eau…

« Je viens souvent me ressourcer ici. Je me laisse bercer par les remous de la Vézère avec le sentiment de voyager dans la préhistoire, d'être invitée chez mes ancêtres…

– Je comprends. L'endroit est magique, tellement évocateur.

– Regardez ! Je pense que c'est un castor. Vous voyez sa grosse tête ?

– Oui ! Là, dans la petite embouchure.

– Lorsque je tiens une conférence sur l'évolution des Homo sapiens, j'établis souvent une comparaison avec la Vézère. Son cours donne l'impression d'une progression naturelle d'amont en aval jusqu'à la Dordogne. En réalité, elle est alimentée d'une quantité de rivières provenant d'autres sources que la sienne. La lignée humaine est tout sauf une descendance directe d'une Ève et d'un Adam, elle est un brassage de lignées, elles-mêmes métissées. En vérité, nous sommes le fruit d'une multitude d'Adam et Ève. »

L'allusion involontaire à son prénom me renvoie à ma femme enceinte et à l'objet premier de mon rendez-vous avec Hélène Berger.

« Plus j'approfondis le sujet, plus je me rends compte de ce buissonnement. J'en suis fasciné, mais je ne sais plus où j'en suis. J'ai l'impression de perdre le véritable sens de ma quête. Je cours de grotte en grotte avec ma petite clef USB qui reste muette alors que ma femme a besoin de moi. Tout cela en vaut-il la peine ?

– J'ai appris dans mon métier que l'épreuve génère l'ingéniosité. Tout ce que vous avez entrepris n'est pas vain, soyez-en certain. Par exemple, le stress étrange de votre épouse, dont vous m'avez parlé au téléphone, est une nouveauté susceptible de remettre en question vos premiers scénarios. Et cela, grâce aux éléments que vous avez réunis. »

Le canoë des enfants a disparu derrière un méandre, j'accélère mes coups de rame pour me rapprocher d'eux.

« D'accord, les institutions vous refusent une analyse génétique ciblée. Mais ne vous en êtes-vous pas passé jusqu'ici ? N'avez-vous pas récolté chaque résultat de votre recherche en vous inspirant de votre ressenti et de vos réflexions ? »

Hélène hausse un peu le ton, semblant vouloir me pousser dans d'obscurs retranchements.

« Et que faites-vous avec moi ? Dites-le sincèrement !

– Ici ? Je prends du bon temps avec une femme superbe de vitalité et d'intelligence alors que la mienne attend un bébé dans le stress et la peine.

– Vous êtes gentil, mais vous vous trompez !

– En quoi ?

– Je me sens bien avec vous, et que je vous plaise me ravit. Mais sachez que je suis sur le point de vous révéler quelques éléments essentiels pour le salut de votre épouse. »

Entre-temps, nous avons rejoint l'embarcation des enfants. Maud a déniché une petite plage ocre invitant à se baigner. Alors que nous manœuvrons pour accoster près d'eux, Hélène ôte son tee-shirt et plonge dans la rivière. Après quelques hésitations, j'ose le bout des orteils, les jambes, puis le corps entier.

L'anthropologue et moi sortons de l'eau avant les jeunes, choisissons une tache de soleil sur une pierre lisse et nous y posons. L'étroitesse du rocher oblige nos cuisses à se coller l'une contre l'autre, nos bras aussi, Hélène soupire d'aise, je frissonne un peu.

« Que vouliez-vous me dire ?

– Si le génome de votre femme possède une mutation létale héritée de ses ascendantes, celle-ci n'agira qu'après l'accouchement. Dans la théorie de l'évolution, les mutations apparaissant après la procréation n'ont aucune importance, car les gènes étaient sains au moment de générer une descendance. La sélection naturelle n'élimine jamais les mauvais gènes à retardement.

– Ce qui veut dire ?

– Les gènes malades de votre épouse resteront non codants jusqu'au moment de la naissance, mais qu'un élément extérieur peut influencer leur comportement dès que le bébé viendra au monde. Nous avons peut-être affaire ici à de l'épigénétique, une science encore balbutiante.

– De quoi s'agit-il ?

– En épigénétique, l'expression du gène est modifiée. Pas l'information elle-même. »

Le visage empourpré d'émotions, Emmanuel patauge dans l'eau verdâtre, partageant avec Maud les premiers instants d'un amour. J'observe les gouttelettes qui s'évaporent sur la peau d'Hélène et réfléchis…

« Vous me dites de me focaliser sur les mécanismes ou les événements qui pourraient modifier l'expression de ses gènes ?

– Vous avez compris. Prenez en considération le stress auquel votre épouse est soumise. Peut-être pourriez-vous enquêter sur l'environnement de ses aïeules, leurs comportements. Un autre élément troublant est ce cauchemar récurrent d'animaux préhistoriques qui l'oppressent. Même si un drame ancestral inscrit dans l'ADN ne peut demeurer que quelques générations, rien n'est à négliger.

– Et ?

– Là, ce n'est plus la scientifique qui parle. Mon intuition vous conjure de ne pas abandonner. Vous semblez tellement imprégné de l'atmosphère des grottes, de la vie de l'Homo sapiens ou neanderthalensis. Laissez-vous guider par vos intuitions, c'est le meilleur conseil que je peux vous donner. Êtes-vous certain de repartir demain ?

– Absolument. Emmanuel rentre à l'école dans une dizaine de jours et ma femme a besoin de moi.

– C'est dommage. Nous aurions pu rencontrer Philibert Alborg la semaine prochaine. C'est un type étrange qui habite dans une grotte pas loin d'ici. Nous l'appelons *le chaman*.

– Je ne vois pas ce qu'un tel hurluberlu pourrait m'apporter.

– Ce bonhomme vit depuis quelques années dans les mêmes conditions que les hommes préhistoriques et il nous a déjà beaucoup aidés à comprendre les comportements des Cro-Magnon et de leurs contemporains néandertaliens.

– De toute façon, je dois libérer la chambre d'hôtes aujourd'hui et…

– Vous pouvez vous installer dans mon appartement quelques jours. Je dois me rendre à un colloque à Lyon. Vous pouvez changer les dates de votre train ?

– Je ne pense pas que ce soit une bonne idée.

– Comme vous voulez… »

Le lendemain, alors que notre TGV est à quai, je dépose le sac à dos d'Emmanuel sur la grille au-dessus de lui, puis l'étreins. Mon petit gars pleure bien plus sa séparation avec Maud que son obligation de voyager seul. Le train part dans seize minutes, mes parents l'attendront à destination.

« Courage ! Mieux vaut aimer que de ne rien ressentir. Même si tu as très mal. Garde tous les souvenirs de Maud en toi, bien au chaud. Quand le chagrin sera dissipé, ils seront toujours présents.

– Pourquoi tu ne reviens pas près de maman avec moi ?

– Parce que je l'aime.

– Je ne comprends pas.

– L'amour prend parfois des chemins tortueux, tu sais. Maman me manque. Pourtant, je vais rester ici encore une semaine pour augmenter les chances de lui sauver la vie. »

Ce que je ne lui dis pas, c'est qu'avec Bernard tout le temps fourré chez nous, j'ai peur qu'elle ne m'aime plus et ça me rend fou ! Mais l'amour, c'est aussi parfois risquer que l'autre s'éloigne.

Dernier croissant de la septième lune

Revenue ce matin de Lyon, Hélène Berger ne perd pas une minute. Le temps de grignoter un pain au saucisson et nous voici en chemin vers la grotte du chaman. Personne ne trace jamais de sentiers à travers cette partie de la forêt d'Yeuse et les quelques enfants en quête d'aventure s'égratignent aux ronces et fougères sans jamais croiser le mythique Philibert Alborg.

« Ne traînons pas ! Il a l'habitude de se reposer en début d'après-midi dans une clairière et c'est là que je le rejoins lorsque je veux le rencontrer. »

Après un court trajet en canoë, nous laissons notre embarcation au bord d'un petit affluent de la Vézère, puis, les pieds nus dans la vase, nous remontons le ruisseau durant plus d'une demi-heure. J'emboîte le pas d'Hélène dont les traces marquent la gadoue brun clair.

« Sa grotte est encore loin ?

– Je ne crois pas. Mais en réalité, je n'ai jamais vu où il se réfugiait.

– Pourquoi ?

– Il ne le souhaite pas. Mieux il sera caché, plus heureux il vivra. Voici la clairière… »

Couché sur un nid de hautes herbes, le chaman nous entend arriver. Il se relève et sourit à l'anthropologue.

« Quel bon vent t'amène ? »

Ils s'étreignent comme de vieux amis ou – l'idée me traverse l'esprit – comme des amants occasionnels.

« Je te présente André. Il vient de Belgique et va te raconter son histoire. »

Je m'attendais à rencontrer un drôle de type à l'hygiène douteuse et à l'haleine désagréable alors qu'il m'offre un sourire d'une blancheur *ultra-bright*. Ses vêtements en peaux tannées et cousues lui donnent l'allure d'un Amérindien. Ses ongles sont très propres, sa barbe taillée avec soin, et au moment où je lui serre la main, un parfum d'aubépine s'exhale de ses cheveux.

« *André* signifie *l'homme, le mâle*. Mais quel est le nom de la femme ? Et que lui arrive-t-il ? »

Stupéfait, je le regarde. Plusieurs secondes s'égrènent. Comment a-t-il pu deviner ?

« Elle s'appelle Ève.

– *Ève et André*. Bienvenue ! Je vois que vous avez de l'eau dans votre gourde. Puis-je vous proposer d'y faire macérer ces feuilles ? J'ai découvert une espèce de menthe poivrée, vous m'en direz des nouvelles. »

L'accent de Philibert est aussi chantant que celui de Maud, tandis que son élocution détone avec l'image que je me fais du *nouveau sauvage*. Quel drame a incité cet individu à quitter la civilisation pour vivre depuis cinq ans dans la forêt d'Yeuse ?

« Asseyons-nous. Et servez-vous, je les ai cueillies ce matin. »

Dans une coupelle tressée de feuilles de roseaux, quelques grosses mûres me font saliver. Je ferme un instant les yeux et savoure la pulpe répandue sur ma langue. Cet homme inspire la plénitude.

Hélène s'est éclipsée pour un besoin naturel. Je m'assieds tant bien que mal en tailleur. Le chaman se pose près de moi.

« Depuis combien de temps vivez-vous ici ?

– Notre amie vous expliquera les circonstances qui m'ont amené à m'installer en cet endroit. Racontez-moi plutôt votre histoire. »

Et alors qu'Hélène se couche à l'ombre pour goûter à la tranquillité des lieux, je résume mon inquiétude concernant la santé de ma femme.

« Ève a-t-elle peur de mourir ?

– Un peu comme tout le monde, je suppose. Elle est croyante, ce qui l'assure d'une forme de résurrection.

– Craint-elle son accouchement ?

– Je ne le pense pas. Jamais elle n'a semblé vraiment admettre qu'elle court un risque.

– Alors, l'angoisse qu'elle ressent depuis peu est une piste à ne pas négliger, ni sa sensibilité aux forces invisibles inscrites en elle.

– Pourquoi ? Serait-elle atteinte d'un mal mystérieux provenant de ses aïeux ?

– Je ne dis pas ça. Vous devez concevoir que chacun de nos ancêtres est en bonne santé puisqu'il a survécu jusqu'au moment où il s'est reproduit. Nous sommes les descendants d'êtres habiles et résistants.

– Ses ascendants néandertaliens ont disparu de la Terre, pourtant. »

Philibert grimace, un peu comme si je venais de lui enfoncer une épingle dans le doigt.

« Détrompez-vous ! »

J'ai l'impression d'avoir touché une corde sensible. Hélène m'avait conseillé de prendre le temps de cette discussion, de me laisser guider par l'intuition plutôt que par la réflexion. Je reste silencieux et en attendant que le chaman trouve ses mots, je déguste le breuvage mentholé tout en me remémorant l'histoire de l'Homo neanderthalensis. Apparu il y a *400 mille* ans, il a commencé à décroître *340 mille* ans plus tard lorsqu'il a rencontré l'Homo sapiens arrivant par vagues successives. En *10 mille* ans, et alors que les scientifiques ont écarté les guerres ou le génocide, l'infection virale ou même le manque de nourriture, sa population a décliné jusqu'à l'effacement complet.

« Le soir, lorsque je veille, je sens parfois l'intensité des forces occultes. Dans les flammes, je vois des ombres, des hommes et des femmes. Je devine quelques Hommes de Cro-Magnon qui dansent autour du feu. Et souvent des Néandertaliens invités à la fête. Ils sont puissants, je les reconnais. Un triomphe de la vie sur la mort.

– Pourquoi dites-vous cela ?

– Ils existent toujours puisque quelques-uns de leurs gènes survivent en chacun de nous. Les races et les êtres ne disparaissent jamais vraiment. »

Intéressée, Hélène s'approche et s'assied. Philibert poursuit…

« Le métissage est source d'immortalité. L'Homo neanderthalensis est en chacun de nous et j'en perçois quelques énergies occultes. »

L'aveu du chaman m'invite à concevoir que les phénomènes peuvent être observés sous différents angles qu'il est passionnant de confronter. Une question me taraude depuis, même si en discuter ne mènera probablement à rien :

« Hélène, savez-vous de quelle manière les femmes accouchaient à l'époque ?

– Comment pourrions-nous le savoir ? Notre seule piste actuelle est d'observer les populations primitives qui existent encore sur terre : la position verticale est très fréquente. Et toi, Philibert, qu'en penses-tu ? »

Il ouvre grand les yeux, rappelant à sa mémoire des images d'autrefois…

« Un jour, j'ai perçu la vision d'un enfantement. Dans un coin de la grotte, la mère était à quatre pattes, entourée de femmes adressant aux forces de la vie quelques supplications muettes. J'ai vu des bourgeons d'aubépine et le breuvage qu'on lui préparait… »

L'anthropologue prend nos mains, semblant communier avec les souvenirs du chaman.

« Puis l'enfant est apparu, sa tête d'abord. La naissance est un traumatisme. Une sage-femme s'est précipitée pour accueillir le petit corps compressé, étiré, arraché du ventre maternel. La lumière a stressé ses pupilles, sa première inspiration lui a brûlé les poumons et il s'est senti lourd, si lourd dans la pesanteur de son nouveau monde. »

Nous observons les yeux presque transparents de Philibert figurer ce moment, les femmes assurant la toilette de la maman, sa délivrance. Et puis le bébé posé dans ses bras.

Alors que je reste bouleversé, Hélène et Philibert s'éloignent pour discuter. Je ne comprends pas vraiment ce que je suis venu faire ici, rien de palpable n'a été dit, aucune nouvelle piste n'a été ouverte. Cependant, je perçois une lueur encore indéfinie et je suis persuadé que tôt ou tard, l'occulte m'apparaîtra beaucoup plus clair.

« Je vous propose de repartir. Philibert doit chasser son repas du soir. C'est le jour de la viande et il commence à se faire tard. »

Je n'en apprendrai pas plus sur le chaman ni sur les circonstances qui l'ont amené à choisir son mode de vie. Parfois, pour préserver la brillance du trésor caché, le mystère prévaut.

Rentrés à l'appartement, nous prenons une douche puis dégustons la pizza grand format livrée à domicile. La nuisette que porte Hélène me chauffe le sang tout autant que le vin du pays. Il est déjà tard lorsque nous décidons d'aller nous coucher.

Je me brosse les dents puis me rends dans sa chambre pour lui souhaiter une bonne nuit. Occupée à ranger des sous-vêtements, elle se tourne vers moi, le visage lumineux. Le désir s'empare de nous.

Elle me prend la main, et alors que nous nous dirigeons vers son lit, la même question nous traverse : quel poids auront quelques moments de plaisir face au remords et à la culpabilité ? Demain ne sera-t-il pas plus beau et intense si nous celons en nous ce désir comme un trésor qui, amené au jour, ne pourrait que se ternir ?

J'embrasse Hélène sur la joue, la serre un instant contre moi. Puis, séparés de la chaleur de l'autre, nous esquissons un sourire navré.

HUITIÈME LUNE

La lune est le rêve du soleil.
Paul Klee

Huitième nouvelle lune

« Tu as maigri. »

Ces seuls trois mots m'ont accueilli lorsque je suis rentré hier avec mon gros sac sur le dos. Après une séparation de six semaines – au lieu des deux prévues –, j'espérais naïvement des retrouvailles plus chaleureuses, une étreinte amoureuse, l'émotion profonde.

J'ai regardé son ventre rebondi, ses jambes gonflées.

« Tu t'es bien arrondie ! »

Elle n'a pas ri. Ni souri. Et ses lèvres se sont détournées lorsque j'ai voulu l'embrasser.

Une fois débarrassé, je suis allé saluer le petit qui jouait aux Playmobil dans sa chambre.

« Tu es allé voir le chaman avec Hélène ? »

L'évocation du prénom féminin m'a fait tressaillir. Et par réflexe, j'ai tourné la tête pour vérifier que ma femme ne l'avait pas entendu. Puis, plus bas…

« Oui, j'ai vu cet homme qui vit dans les bois. Je te raconterai… »

Ève faisait la vaisselle du dîner. Aucun reste de repas ne semblait prévu pour moi. Je me suis assis près d'elle dans la cuisine, penaud.

« Quelque chose ne va pas ? »

Comment la pousser à s'exprimer ? Amorcer la conversation sans l'envenimer ? Une profonde détresse s'est emparée de moi, un insupportable moment de solitude. Dans un appel à l'aide plus que par énervement, je me suis approché, haussant le ton :

« Réponds-moi, mon cœur. S'il te plaît ! »

Immédiatement rassis, le visage plongé entre mes mains, j'ai inspiré longuement pour me calmer. Rien. Depuis que j'étais arrivé, elle n'avait rien dit d'autre que « Tu as maigri ». Certes, je ne m'étais pas attendu à trouver ma Pénélope folle d'amour devant son aventurier d'Ulysse – faisons fi de ces mythes patriarcaux –, mais l'atmosphère apparaissait bien plus tendue que je ne l'aurais présagé. Emmanuel avait peut-être un peu trop évoqué le prénom d'Hélène. Je n'en savais rien et ce doute compliquait davantage la situation.

Son silence s'est prolongé l'après-midi, d'autant plus longtemps que, moi-même, je perdais l'envie de la réapprivoiser. D'où me venait cette forme de détachement ?

La conciliation à laquelle les mots n'avaient pas pu conduire s'est esquissée durant la nuit. Le rapprochement physique dans le lit conjugal a recréé la magie de ce « nous deux ». Alors qu'elle me tournait le dos, je me suis blotti contre elle et j'ai forcé un « je t'aime » juste avant que ce sentiment retrouve sa place en moi. Je l'ai sentie se détendre, je l'ai entendue soupirer :

« Je suis contente que tu sois là. »

À ce moment bascule de mes nuits, où parfois je sombre dans l'insoutenable, je me suis accroché à l'espoir. Ne plus parler, ne plus bouger. Capter sa chaleur et dormir…

Ce matin, après avoir conduit le petit à l'école, pour son premier jour de secondaire, je reviens chez nous. Nous sommes vendredi et je reprends le boulot lundi.

« Tu as pu te reposer ?

– J'ai la migraine, je ne me sens pas bien.

– Tu souffres encore de cette douleur diffuse ?

– C'est différent, maintenant. Comme si j'avais mal à l'intérieur d'un œil.

– Et tes rêves bizarres ?

– On sonne, ce doit être Bernard. Après son ramassage scolaire du matin, il passe me dire bonjour…

– Ne bouge pas, je vais ouvrir. »

Durant les quelques mètres parcourus jusqu'à la porte d'entrée, j'ai l'impression d'un flash-back, comme si le film de ces dernières semaines se rebobinait à vitesse accélérée. Je vois nos retrouvailles compliquées, l'étreinte d'Hélène, la Vézère verdoyante, l'aurochs peint, l'autocar roumain, Alexandrie…

« Bonjour, André ! C'est le grand retour ?

– Je suis arrivé hier par le train.

– Tu es parti longtemps, dis donc !

– Un mois et demi.

– Il était temps que tu rentres ! Ta femme commençait à en avoir marre de moi. »

Je m'écarte pour le laisser passer, vais préparer le café… Lorsque le percolateur crache ses dernières gouttelettes, je me décide enfin à m'asseoir près d'eux, apaisé. Bernard n'est pas futé, mais je le sens loyal.

Pour la première fois depuis mon retour, j'ai l'occasion de parler de mon périple. Sans évoquer mon enquête anthropologique – Bernard ne semble pas au courant de la raison première de ce voyage –, je raconte surtout la difficile rencontre d'Emmanuel avec sa famille biologique et la diversité des paysages traversés. Après une petite heure, l'ami de ma femme se lève enfin, nous embrasse et prend la porte.

« Salut la compagnie ! Ève, je te vois lundi, même heure ?

– À lundi. Bon week-end ! »

Peu importe qu'il revienne ou pas. Renouer des liens profonds avec Ève est ma priorité, aujourd'hui. Pour l'avenir de notre couple, mais aussi pour qu'elle guérisse. Car – suis-je le seul ? –, je la sais en danger de mort.

En ces premiers jours de septembre, la météo est au beau fixe. Le ciel chargé de quelques nuages biscornus distille sa douceur bleutée sur la vallée mosane et je propose à Ève une balade à la citadelle de Namur.

« D'accord, ça me fera du bien. Mon dos me fait souffrir, ce matin.

– Tu pourras marcher ?

– Tu sais, je suis presque rassurée. Je pense que j'avais besoin de ressentir tous ces petits maux habituels pour une femme enceinte. »

Durant la promenade, j'amène la conversation sur un sujet qui nous passionne tous deux.

« Hier dans le train, j'ai lu un livre intéressant. L'auteur part du postulat que les organisations humaines préhistoriques n'étaient pas patriarcales et, pour illustrer le type de société qu'il présuppose, il en détaille le mode de vie. Tu serais étonnée.

– Il met en avant le matriarcat, alors ?

– Pas vraiment. Les femmes détenaient le pouvoir, mais les hommes l'exerçaient. Les décisions les plus importantes étaient prises par consensus.

– Ça me plaît !

– Il présume que chaque tribu était composée d'individus issus de la même filiation maternelle.

– Ouille ! »

Je vois Ève qui se tient le ventre, prise par une contraction que je ne pourrai jamais vraiment concevoir, puis elle inspire et semble plonger dans une profonde sensation de vide. Nous gagnons un banc. Ma femme sourit de la métamorphose de son corps et m'invite à poursuivre.

« Imaginons que tu sois l'aînée du clan. Ta tribu inclut donc tes frères et sœurs, tes enfants et ceux de tes sœurs.

– Tu veux dire qu'un enfant ne quittait jamais la tribu de sa mère ?

– Et tous les membres avaient un lien biologique entre eux. L'amoureux était choisi en dehors du clan. Mais celui-ci résidait ailleurs et n'exerçait aucun droit paternel sur sa progéniture. L'éducation était réservée à la mère et aux frères de la mère.

– J'ai compris. Ainsi, le "mari-géniteur" vivait avec sa propre maman. Quel est l'avantage ?

– Toutes les dérives liées au modèle du mâle dominateur étaient découragées, comme la prostitution, la violence conjugale, le culte de la virginité. En bref, la femme s'accordait une liberté de fait.

– Elle me plaît, ta société primitive. Donc, tu vas vivre chez ta mère et moi, je suis libre de voir Bernard quand je veux. »

Le direct du gauche qu'Ève vient de m'asséner m'a touché, mais je ne bronche pas et rétorque le plus naturellement possible.

« Mais tu vois déjà Bernard quand tu veux ! »

Nous observons deux écureuils couinant entre les arbres. Je prends la main de ma femme, l'embrasse sur la tempe, elle savoure un instant la chaleur de mes lèvres et ses doigts serrent les miens avant de les éloigner. Une vague puissante nous immerge de sensations délicieuses, comme le premier jour de notre rencontre, comme chaque fois que nous nous étreignons. Ève se serre contre moi, le visage au creux de mon cou :

« Tu es parti trop longtemps…

– Tu étais avec Marie…

– Oui, toutes les deux ensemble, mais isolées du monde. Nous nous parlions, nous nous câlinions, mais nous souffrions d'une profonde solitude à deux. J'ai pensé te quitter... »

Je ferme les yeux, écoute les battements de mon cœur qui se calment peu à peu :

« Tu y crois, toi, à une société basée sur la filiation maternelle ?

– Je ne sais pas. Notre civilisation est devenue si matérialiste et individualiste que construire autre chose est impossible sans faire table rase de tout ce qui existe. Pourtant, l'auteur m'a convaincu qu'un tel modèle permet de privilégier la paix, la solidarité et le respect de chacun. Car, finalement, qu'est-ce qui détruit les familles conjugales ?

– Les mensonges, les infidélités, les mauvais divorces, le...

– Et les héritages : un nid à problèmes ! Alors que dans ces sociétés tribales, la propriété individuelle est réduite. Ils vivent sous le régime d'une forme de communisme primordial. Le patrimoine est commun et indivisible, il est conservé dans le clan. Quant aux séparations, elles n'ont aucune incidence sur la tribu elle-même.

– Ça tient la route. Il y a juste un truc qui m'embête.

– Quoi donc ?

– Que tu ne cohabites pas avec moi. »

Nous reprenons notre ascension vers la citadelle. Il nous faudra encore du temps pour renouer nos sentiments. Mais j'y crois.

Premier croissant de la huitième lune

« Raconte-moi encore ! »

Depuis mon retour, Emmanuel insiste pour que je lui détaille ma rencontre avec le chaman. Le mythe de Robinson est inscrit en chacun et le récit de mon aventure est pur plaisir pour mon petit bonhomme.

« … Ce Philibert Alborg ne nous a pas montré l'endroit où il dort. Mais, à observer la façon dont il prend soin de lui, j'imagine son antre parfaitement agencé et truffé d'instruments ou de mécanismes ingénieux qui lui rendent la vie en forêt plus facile.

– Si personne ne l'a jamais vue, la grotte doit être très bien cachée alors.

– Sûrement ! Tiens, tu as toujours des contacts avec Maud, elle va bien ? »

L'évocation de ce prénom, plus encore que celui de Philibert, fait briller les yeux de mon fils. Et son petit sourire me rassure quant au chagrin qu'il éprouvait en quittant la France.

« On échange avec WhatsApp.

– Tu lui as demandé si elle connaissait le chaman ?

– Elle me dit que tout le monde est au courant, mais on n'en parle pas beaucoup, il ne faut pas le déranger.

– C'est ce que j'ai ressenti là-bas. Tous les villageois protègent son choix de vie, un peu comme s'il représentait une partie de l'enfant sauvage que chacun conserve en soi. Moi aussi, j'ai toujours eu envie de vivre une aventure tout seul sur une île déserte ou… dans une grotte de la vallée de la Meuse.

– Faut savoir le faire !

– Philibert, lui, il a tout quitté pour sa grotte. Et quand les habitants de la région pensent à lui, ils ont le sentiment de réaliser leur rêve secret. »

Ève entre dans la chambre et s'approche. Emmanuel est couché. Assis au pied de son lit, je pose le visage contre ma femme. Comment un ventre si plat a-t-il pu s'arrondir à ce point ?

« Tu dois dormir maintenant.

– Attends ! Papa va achever l'histoire…

– Il est trop tard. Ce sera pour demain ! »

Elle s'énerve un peu, nous observe tous les deux, jalouse de notre complicité.

« Allez ! Dépêchez-vous… »

D'une voix mystérieuse et forcée, je me charge alors de captiver l'attention de mon auditoire :

« Installé près de moi, le chaman a ouvert ses grands yeux clairs avant de répondre à ma question. Des images me sont apparues dans la transparence de son regard intérieur. J'ai vu… Oui, j'ai vu cette Sapiens à quatre pattes dans un coin de la grotte, j'ai vu les bourgeons macérer dans de l'eau chaude, la tête du bébé et les quelques femmes qui l'aidaient à venir au monde. J'ai même entendu son premier cri. Et j'ai été bouleversé quand la nouvelle née s'est apaisée contre le sein de sa maman, le visage blotti sous le menton. »

Comme souvent quand c'est moi qui borde mon fils, il s'endort avant la fin de l'histoire. Nous quittons la chambre sans bruit. Une fois la porte fermée, Ève me prend dans ses bras, émue par mon récit. Depuis quelques jours, notre union a recouvré son intensité première. Les visites de Bernard s'espacent et mon attachement renaît. À quelques détails près, nous nous sommes raconté les moments vécus loin de l'autre, partageant à retardement nos fous rires ou nos coups de cœur.

« Pourquoi tu as parlé de bourgeons qui macéraient ? Tu l'as inventé ?

– Je le tiens du chaman. Ça m'est revenu tout d'un coup.

– Je ne voyais pas pourquoi tu disais ça… L'eau est chaude pour notre tisane, tu nous sers ? »

Pendant que la cuillerée de miel coule doucement dans l'une des deux tasses à thé, je tente de me remémorer ce détail. Et l'évocation du parfum fleuri de Philibert ravive mon souvenir.

« De l'aubépine, voilà ! Je me rappelle, maintenant. C'étaient des bourgeons d'aubépine. »

Un vague pressentiment s'empare de nous. Les deux tasses posées près de l'ordinateur, nous nous branchons sur Google : *dans la médecine chinoise et en occident depuis la Grèce antique, l'aubépine entre dans la composition de traitements contre l'anxiété et les maladies cardiovasculaires. En gemmothérapie, le macérat de bourgeons d'aubépine agit sur le rythme cardiaque*. Négligeant les petites voix de mon esprit cartésien, j'accorde foi aux facteurs paranormaux qui nous ont amenés, ici et maintenant, à soulever cette question : Ève aurait-elle une défaillance potentielle du système cardiovasculaire ?

Le lendemain, je l'accompagne chez son médecin traitant. Nous lui exposons nos craintes et, après avoir pris connaissance de cette douleur grandissante derrière l'œil et de quelques problèmes de vision, il prescrit un examen IRM.

« À quoi pensez-vous ?

– Nous devons exclure un anévrisme cérébral. »

Nous nous pétrifions.

« Rassurez-vous, cette pathologie concerne plus d'un individu sur cent. Il s'agit d'une hernie dans la paroi fragilisée d'une artère du cerveau. Une petite poche de sang se forme, mais tant qu'elle ne se rompt pas – ce qui est très rare –, la personne vit sans problème avec cela.

– Qu'est-ce qui pourrait provoquer sa rupture ?

– Divers facteurs comme l'hypertension en augmentent le risque. Mais, une chose à la fois. Présentez-vous demain matin à l'hôpital Sainte-Élisabeth. Ils vous prendront en priorité. »

Dès notre retour à la maison, nous avons la mauvaise idée de nous renseigner sur l'épanchement de sang entre le cerveau et les méninges, qui suit une rupture d'anévrisme. Le pronostic vital est souvent engagé et seul un quart des malades en réchappe sans séquelles.

Pour nous distraire un peu, nous passons l'avant-soirée à jouer au Risk avec Emmanuel. Puis, lovés l'un contre l'autre comme des animaux traqués, nous regardons une comédie sentimentale à la télévision.

Après une très mauvaise nuit, j'accompagne ma femme à l'hôpital. Le radiologue nous propose d'attendre la fin de la matinée pour nous communiquer directement son protocole. La technique d'imagerie médicale est d'une telle qualité que nous pouvons deviner facilement la dilatation d'un vaisseau apparue dans le cerveau d'Ève.

« Voyez l'élargissement, là ? Vous avez de la chance.

– Pourquoi ?

– Parce que la plupart du temps, comme il n'existe pas de dépistage automatique, le malade ne sait pas qu'il souffre d'un anévrisme jusqu'au moment où l'accident cérébral a lieu.

– Il faut m'opérer ?

– Ce n'est pas à moi de décider. Voyez avec votre médecin traitant qui vous conseillera un neurochirurgien. Deux types d'intervention sont possibles… »

Ma vue se trouble, sa voix s'impose par bribes ouateuses, Ève me serre la main, s'accroche à moi, bouée de sauvetage à la dérive. Quelques mots me parviennent encore, techniques opératoires, clippage ou endovasculaires, et les images surtout, la boîte crânienne ouverte, pince, stent, sang. Tout se mélange…

« Monsieur ! Vous allez bien ?

– André ? »

Ma femme me secoue. Tous les deux me regardent, inquiets.

Alors que, reprenant lentement mes esprits, je me demande s'il est dans les usages qu'un radiologue vous précise tous ces détails angoissants, il esquisse un rictus rassurant.

« Les risques de rupture sont très faibles. Et je suppose qu'ils décideront de ne pas opérer avant l'accouchement. Concentrez-vous sur votre bébé, soyez détendue. Évitez surtout le stress et tout se passera bien. »

Huitième pleine lune

Depuis quelques jours, Ève reste amorphe. Tandis qu'elle semblait imperméable aux risques qu'elle courait, l'annonce de son anévrisme l'a bouleversée. Alitée une grande partie de la journée, elle n'ouvre même plus quand Bernard sonne et attend la fin des cours d'Emmanuel pour se lever en tout début de soirée. Elle lui parle alors très calmement, avance à pas lents et se réfugie dans sa chambre à la moindre contrariété. Une fois rentré du boulot et douché, je m'occupe des devoirs du gamin puis du repas. Tout ce qui pourrait générer du stress est une ombre angoissante qui plane sur chacun de ses faits et gestes, tant l'éventualité d'une rupture d'anévrisme lui fait peur. En attendant notre rendez-vous chez le neurochirurgien en fin de semaine, l'appartement est devenu l'antichambre d'un effroyable drame auquel nous pensons tout le temps. Seul le petit se distrait parfois, regardant une de ces séries télévisées aux rires préenregistrés ou tchatant avec ses copains de classe.

Après le souper, Ève s'isole à nouveau. À travers la porte, j'entends Pink Floyd ou les mélopées de Jane Birkin, puis quelques bruits de papier et ciseaux. Sans doute s'adonne-t-elle à sa passion du scrapbooking. Je la laisse dans son monde ouateux et poursuis mes recherches sur Internet, utilisant *Google traduction* pour déchiffrer d'abscons articles scientifiques. Ce soir, je prends conscience que depuis que ma femme m'a annoncé qu'elle était enceinte – huit lunes déjà –, je suis celui qui révèle chaque nouvel élément, depuis ses antécédents familiaux jusqu'au risque fatal qu'elle court aujourd'hui. Son hérédité ou sa maladie cardiovasculaire nous seraient totalement étrangères si je ne m'étais pas investi avec passion dans cette enquête. Dès lors, plus concerné que jamais, je ne compte plus que sur moi-même pour la sauver.

Me voilà dans la peau du « détective André Lelièvre », qui passe une partie de la nuit à chercher encore et encore…

J'ai trouvé ! Le présumé coupable s'appelle ANGPTL6. « L'angiopoietin-like 6 » est exprimée dans le foie et produite par le sang. En janvier 2018, un laboratoire nantais a démontré que cette protéine favorise la consolidation et la réparation des parois artérielles. Poussant leurs investigations, ils ont prouvé que les patients qui souffrent d'une mutation inhibant l'angptl6 étaient statistiquement beaucoup plus sujets à une rupture d'anévrisme. Ève n'est pas atteinte de cette mutation, les analyses génétiques l'auraient décelée. J'émets dès lors l'hypothèse que l'angptl6 est régulée par la séquence néandertalienne de ma femme, sa complice. Si certaines circonstances entravaient la protéine, les parois de l'artère pourraient se fragiliser au niveau de l'anévrisme, et le stress de l'accouchement conjugué à l'hypertension provoquée par les efforts d'expulsion pourrait alors rompre celui-ci.

Je suis certain d'avoir débusqué le coupable potentiel et il me reste deux circonvolutions de la Lune autour de la Terre pour empêcher le meurtre.

Épuisé, je décide enfin de me glisser contre Ève, réponds à ses grognements par quelques bisous et m'endors d'un paisible sommeil. Demain, je ferai part de ma trouvaille à ma petite famille.

« C'est quoi une protéine ? »

Ève et Emmanuel sont installés près de moi autour de la table du salon. Je m'attendais aux questions de mon fils et j'espère pouvoir y répondre avec clarté.

« Tu te souviens de l'ARN, le serpent…

– La copie d'une partie de l'ADN ?

– Oui, souviens-toi, le fragment d'ADN qu'on appelle gène est le mode d'emploi d'une fonction. Il se transcrit en une copie codée : l'ARN.

– Qui bouge et peut sortir du noyau.

– Voilà. Et il existe deux sortes de serpents : l'ARN messager qui est une maquette pour la fabrication d'une protéine et l'ARN non codant qui a un rôle plus complexe et encore mal connu.

– Oui, mais c'est quoi une protéine ? »

Ève nous observe à tour de rôle, amusée. Notre fils ne lâche jamais le morceau tant qu'il n'a pas obtenu sa réponse.

« Dans la cellule, tu trouves aussi des ribosomes. Ce sont des mini-ordinateurs. Quand l'ARN messager voit un ribosome, il rentre dedans, comme si c'était une carte mémoire, et le mini-ordinateur traduit le code de l'ARN en protéines.

– Comment il fait ?

– C'est très simple. Tu te rappelles que l'ARN est une suite de lettres C, A, G, U de l'alphabet du vivant. Le mini-ordinateur prend trois lettres consécutives et les traduit en une molécule appelée acide aminé. Un certain nombre d'acides aminés – il en existe une vingtaine – s'assemblent dans un ordre précis commandé par les ARN messagers pour former une molécule beaucoup plus grosse, qu'on appelle une protéine. Et chaque protéine a un rôle bien déterminé dans le fonctionnement du corps. Elle est comme un ouvrier sur une chaîne de montage d'automobiles, il ne sait faire qu'une seule action, visser une pièce, poser le pare-brise… S'il n'est pas là pour la faire, ou s'il la fait de travers, la chaîne s'arrête, ou les automobiles produites fonctionnent mal. »

Ma femme prend part à la conversation, recentrant mon explication sur le sujet qui la touche :

« Et l'angptl6 ?

– L'angptl6 est une protéine exprimée dans le foie puis libérée dans le sang. Son rôle est de réparer la paroi des artères. Donc, si quelque chose empêche l'angptl6 de consolider ton anévrisme, il pourrait se rompre. C'est probablement ce qui est arrivé à ta maman, ta grand-mère et ton arrière-grand-mère. Et ce "quelque chose" est lié aux gènes néandertaliens que vous avez en commun. »

Ève m'observe, mi-admirative, mi-reconnaissante, percevant dans mes explications une lueur d'espoir face à la fatalité.

« La séquence commune entre toi et tes ancêtres est non codante. Ces gènes se transcrivent donc en ARN non codant.

– Mais à quoi sert cet ARN-là ?

– L'énorme proportion d'ARN non codant de notre corps est responsable de la spécialisation des gènes actifs ou de la régulation de l'expression de l'ARN messager. Ton ARN néandertalien influencera tôt ou tard l'activité de l'angptl6. Dans ton cas, il l'empêchera d'agir. Je suis sûr de moi. »

Notre visite chez le neurochirurgien n'a pas abouti à grand-chose. Se voulant rassurant, le praticien nous a expliqué qu'une opération endovasculaire est nécessaire, mais qu'il serait raisonnable d'attendre l'accouchement.

« Rien n'urge ! Je ne constate aucune anomalie sur les parois artérielles de l'anévrisme et avec l'antihypertenseur adapté que je vous prescris, les risques sont maîtrisés.

– Dois-je faire autre chose ?

– Présentez-vous aujourd'hui avec cette demande d'admission. Ils vous fixeront un rendez-vous pour dans trois mois environ. Et d'ici là, assurez-vous de contrôler votre tension matin et soir. »

Évidemment, je n'ai pas dit un mot sur les risques d'ordre génétique. Ma quasi-certitude quant à l'enchaînement fatal n'est pour le moment d'aucune utilité. Une semaine après avoir résolu l'énigme, je déchante. Pour soigner Ève, le corps médical doit constater sa maladie par lui-même. Et tant que la généticienne ne nous transmet pas les résultats des analyses prescrites, la menace n'a rien d'objectivable.

La fête de la Fédération Wallonie-Bruxelles est célébrée tous les 27 septembre. À cette occasion, l'Athénée de mon fils ferme ses portes, j'en profite pour prendre congé, moi aussi. L'arrière-saison est resplendissante et les activités à partager avec Emmanuel ne manquent pas. Hier soir, j'ai reçu une alerte Google pour les mots clefs « Neanderthal » et « Néandertal ». Son sujet porte sur la grotte de Goyet située à une quinzaine de kilomètres de chez nous. Nous décidons de nous y rendre à vélo.

Sur la commune de Gesves, à l'embouchure du Strouvia et du Samson, la grotte de Goyet est un des rares sites européens recelant des fossiles sapiens et néandertaliens. Comme elle était temporairement fermée au public, nous ne l'avions pas visitée en même temps que Scladina et celle de Spy, bien que j'en connaisse la richesse archéologique. L'article de SciencePost pour lequel j'ai été alerté parle de la reprise des fouilles depuis septembre ainsi que de la découverte d'une phalange humaine et d'une statuette en ivoire de mammouth.

Habiter en bord de Meuse nous oblige à grimper des côtes impressionnantes pour quitter la vallée. Mais nous prenons le temps d'avaler les raidillons et le plaisir ressenti lors des longues descentes en roue libre vaut bien un peu de sueur. Sur place, nous n'avons d'autre objectif que de nous imprégner des lieux. Toutes les entrées sont cadenassées. À la recherche de quelques cavités ou d'ouvertures secondaires, nous grimpons sur la butte calcaire, suivons les traces de lapin et admirons la région. Juste à nos pieds, sous la roche, les premiers chercheurs ont retrouvé en 1868 des éléments de différentes époques, une flûte en os d'oiseau, un harpon en bois de cervidé ou un collier composé de dents d'animaux vieilles de *13 mille* ans. Et le crâne d'un chien.

« Tu crois que des Homo sapiens et des Néandertaliens ont pu se rencontrer ici ?

– Non ! La revue scientifique précise que *5 mille* ans séparent les restes fossiles des deux sous-espèces.

– Ce n'est pas beaucoup ! »

J'adore ! Depuis que nous partageons notre passion de la préhistoire, Emmanuel a appris à relativiser la vision du temps. Et il a raison, à échelle hominoïde, mille ans sont une pacotille.

« J'ai sonné Delphine. Tu te rappelles, la guide de la grotte Scladina ? Elle me dit qu'elle est en contact avec les scientifiques qui analysent la phalange trouvée ici. Ils l'ont envoyée à Leipzig. Dès qu'elle a des informations, elle me prévient. Ce sera rapide ! »

Mon gamin contemple l'horizon, au-delà des forêts, de l'espace et du temps.

L'atmosphère à l'appartement est devenue très lourde, trop lourde pour lui. L'anévrisme de sa maman adoptive exhume probablement les circonstances de la disparition de ses parents biologiques.

Cette balade à vélo et la mini-escalade semblent l'apaiser. Il inspire profondément l'air d'automne, une grosse bouffée d'oxygène pour son cœur de petit bonhomme peu habitué aux drames humains.

NEUVIÈME LUNE

La lune n'est que le halètement de l'âme
dans une nuit tourmentée par la solitude.
Mohamed Azouzi

Neuvième nouvelle lune

Ce dimanche, la responsable du site de la grotte Scladina nous a proposé de passer au musée pour nous montrer la statuette trouvée à Goyet. Ève ne nous accompagne pas. Il lui reste deux lunes avant d'accoucher, sa grossesse se déroule bien et ses maux de tête s'estompent, mais elle ne veut prendre aucun risque. Pour elle et pour notre fille Marie, éviter tout état de stress est primordial.

Nous arrivons peu avant 17 heures, au moment où Delphine termine une visite guidée. Elle nous précède jusqu'au bureau du conservateur, sur lequel se trouve l'objet de notre entrevue, recouvert d'un drap blanc. Lentement, elle soulève le tissu, dévoile une boîte hermétique transparente d'une dizaine de centimètres de hauteur.

« Regardez ! Elle est magnifique. »

Emmanuel ajuste ses fines lunettes, observe la statuette en ivoire jauni. Sans bras et sans visage, elle offre l'opulence de ses seins et de son ventre rond. Symbole de la maternité, ses hanches très larges permettent à la symétrie de parfaire l'ensemble de courbes et de triangles de mêmes proportions. Un flot d'interrogations me vient à l'esprit.

« Je suppose qu'elle n'est pas datée.

– Pas encore. Mais comme elle a été retrouvée dans une couche géologique bien distincte…

– Une tranche de lasagne ?

– Les fameuses tranches de lasagne, oui ! Elle était à côté de la phalange humaine qui est en cours d'analyse. Nous présumons que les deux éléments ont le même âge. »

J'approche mon visage, observe le haut de la statuette. À la place de la tête se situe un anneau creusé dans la matière. Delphine précise :

« Elle était probablement portée autour du cou en guise d'amulette. Peut-être par un chaman pour favoriser la communication avec les esprits ou la déesse-mère.

– Quelle splendeur !

– N'est-ce pas ? Et bien conservée. De la France à la Sibérie, on a retrouvé environ deux cent cinquante idoles paléolithiques et, avant celle de Goyet, une seule autre en Belgique : *la Vénus du Trou Magritte.*

– Et quel nom porte celle-ci ?

– Quelques archéologues wallons souhaitent l'appeler *La Vénus de la vallée mosane*, une dénomination qui pourrait contribuer à la renommée de notre association. »

Je l'admire encore, de dos, de face, le triangle pubien offert aux dieux. *Vénus*… Le terme va bien à cette œuvre d'art qui conjugue croyances et mythes de la fécondité, gloire et féminité.

« Madame, c'est un Sapiens qui a sculpté la statuette ?

– Probablement. L'Homme de Néandertal avait déjà conscience d'une certaine forme de beauté. Il ramassait des coquillages rares ou des pierres esthétiques. Il avait du temps pour façonner des objets en silex ou en os, et ne s'en privait pas. Mais la plupart des Vénus et des dessins figuratifs dans les grottes sont attribués à l'Homo sapiens. Les spiritualités étaient peut-être différentes. Ils ne s'adressaient pas de la même manière aux forces inconnues. »

Sur le trajet du retour, j'ai laissé mon fils prendre place à ma droite dans la voiture, fait exceptionnel bien qu'il ait atteint l'âge et la taille l'y autorisant.

« Tu rêves de quelle voiture, toi ? »

Je réfléchis… En réalité, je ne me suis jamais posé la question. Un véhicule est strictement utilitaire pour moi.

« Je ne sais pas. Une bagnole suffisamment confortable pour faire le tour du monde.

– Oui, mais quelle marque ?

– Une voiture à l'énergie solaire et un lit sur le toit. »

Ma réponse ne semble pas satisfaire mon fils qui est à l'âge des rêves de biens matériels alors que je suis à celui de l'existentiel.

De petits toasts et un cocktail de jus de fruits nous attendent. Ève est assise en tailleur entre quelques coussins. Les yeux mi-clos, elle accueille chaque contraction dans un souffle profond, en communion avec ces femmes qui donnent la vie depuis la nuit des temps.

Nous attendons pour nous sustenter et lui raconter notre escapade à la rencontre de la plus belle statuette paléolithique découverte en Belgique. Après le *Jardin extraordinaire* sur La Une, Ève s'occupe de mettre Emmanuel au lit et se douche pendant que je somnole devant le début du film *RRRrrrr!!!* dont l'esprit de dérision m'a autrefois ravi. Au moment où apparaît Gérard Depardieu, le nouveau chef des *Cheveux sales*, Ève prend la télécommande pour baisser le son.

« Tu me fais une place ? »

J'entrouvre un œil et vois ma femme nue, dans la splendeur de sa maternité. L'hypersensibilité autorise à percevoir l'infime et le mystérieux. À l'instant, j'appréhende la statuette préhistorique devenue charnelle. Je considère la rondeur de ses seins qui allaiteront notre fille, la parfaite opulence de son ventre, le triangle, là, où notre bébé verra le jour, triangulation magnifique de la *Naissance du monde*. Je suis ébahi !

« Je peux venir ? »

Je la regarde encore, idolâtre, presque en transe. Puis, les mains tremblantes, je soulève la couverture où se glisse ma *Vénus de la vallée mosane*.

Premier croissant de la neuvième lune

Face aux poses lascives ou décidées de ma femme, hier soir, j'ai saisi son appareil photo, et sous le coup de mon incorrigible émotion, j'ai flashé sur son déshabillé noir et ses rondeurs glorifiées. Et très tard dans la nuit, jusqu'à l'épuisement, nous avons sélectionné les prises de vues les plus réussies.

Ce samedi matin, alors que la pâte à quiche que je pétris se cramponne à mes doigts, le téléphone sonne. Emmanuel est chez un ami, Ève étudie le fonctionnement de sa nouvelle imprimante couleur dans notre chambre. Pas le temps de m'essuyer les mains.

« Allô, c'est Delphine. Je pourrais vous voir ce week-end ?

– Demain, je suis libre. Pourquoi ?

– J'ai les résultats de l'institut Max-Planck. Et…

– Attendez… Vous êtes loin de Namur ?

– J'habite à Jambes.

– Venez manger ce midi, je fais de la quiche. 13, place Servais, quatrième étage. »

Je nettoie le téléphone des quelques lambeaux de pâte collés, puis attrape le rouleau à tarte, excité à l'idée d'entendre la guide. Auraient-ils découvert quelque chose à Leipzig ?

« Brocolis et saumon. Je vous sers ?

– Avec plaisir. Elles sont magnifiques.

– Et merci pour le vin… Alors, à quoi trinquons-nous ? »

Sans transition, notre invitée lâche le morceau :

« Ils sont parvenus à extraire et amplifier l'ADN de la phalange trouvée à Goyet. Il s'agit d'une femme vieille de *37 mille* ans.

– Une Sapiens ? »

Delphine pose son verre, hésite.

« Promettez-moi de garder l'information pour vous.

– Bien sûr ! Qu'en ferais-je ?

– C'est extraordinaire, la dame de Goyet est une métisse issue d'un homme de Néandertal et d'une mère sapiens. La première hybridation directe qu'on ait jamais trouvée ! »

Le silence est poignant. Je regarde mon fils puis ma femme, vérifie s'ils mesurent l'impact de cette découverte pour la science paléontologique.

« Et puis, autre chose d'incroyable ! »

Les yeux brillants et les couverts dressés dans les mains, Delphine se tourne vers Ève :

« Madame, j'ai pris l'initiative d'envoyer votre profil génétique au professeur Hublin à Leipzig. Après comparaison, il semblerait qu'une de vos longues séquences d'ADN néandertalien soit parfaitement identique à celle de la phalange trouvée. »

Je pense immédiatement à cette séquence non codante commune à ma femme et à trois de ses aïeules.

« Bien sûr, ils doivent encore croiser les résultats de l'analyse avant d'en avoir la certitude, mais vous semblez être une descendante de la dame de Goyet !

– Pardon ?

– Selon mes calculs, deux cent mille générations vous séparent de votre ancêtre. Mais on peut dire que cette dame est de votre famille ! »

Delphine nous sourit, observant l'un et l'autre afin de savourer son petit effet. J'avale d'une traite ma dernière gorgée de rouge, la ressers et remplis mon verre, puis balbutie :

« Je connais Jean-Jacques Hublin, je l'avais contacté il y a quelques mois.

– Alors, n'hésitez pas à lui téléphoner ! »

Delphine nous apprend que les analyses de la Vénus de la vallée mosane donnent leurs premiers résultats. Une première datation au carbone-14 porterait son âge à *40 mille* ans dans le passé. Je n'en reviens pas. Depuis mon retour en Belgique, tout se bouscule et en quelques semaines, nous avons découvert l'anévrisme de ma femme, son angptl6 à risque et aujourd'hui sa parenté avec une métisse néandertalienne.

J'ai envoyé un message à Leipzig et pris rendez-vous sur Skype avec Hublin… J'avais besoin de quelques heures pour faire le point et préparer l'appel.

« Comment allez-vous ? Et votre épouse, sa grossesse ?

– Tout va bien, surtout depuis que j'ai appris que vous souhaitiez vous occuper de ses petits gènes ! »

Sur mon écran d'ordinateur, je vois Jean-Jacques rire franchement, puis l'image s'immobilise quelques secondes sur un rictus déformant.

« En effet. Nous élaborons un article retentissant ! Mais j'ai besoin de l'autorisation écrite de votre femme pour poursuivre les recherches. »

Pour la première fois, le monde scientifique nous sollicite et je dois saisir cette chance. Après avoir exigé notre droit de garder l'anonymat, je négocie fermement. Je dois absolument obtenir l'autorisation de communiquer à Paris la fabuleuse concordance génétique entre Ève et la dame de Goyet, car, dans un délai aussi court, les Français sont les seuls à pouvoir réaliser les analyses biologiques que nous attendons depuis des lunes.

« Ma femme est en danger de mort ! Je ne vois que l'Institut Pasteur pour détecter les gènes *malveillants* et les inhiber.

– Laissez-moi d'abord les contacter. L'annonce de cette hybridation récente est d'une importance substantielle pour Max-Planck, je dois m'assurer que nous aurons la primeur de cette publication.

– D'accord, professeur. Mais ne pourriez-vous pas donner à Paris l'exclusivité de la *correspondance* entre mon épouse et cette femme hybride, et vous-même rester dans le domaine de la paléontologie ? Ainsi, chaque institut aurait son fragment de gloire.

– Ce sera l'objet de notre article : prouver que des métissages ont encore eu lieu peu avant que l'Homme de Néandertal disparaisse. Mais cela n'est pas aussi simple que vous le pensez. »

Dans le monde scientifique, la course à la publication est vitale. De l'importance de l'information diffusée dépendent les budgets alloués. Pour l'heure, je me fous de ces questions financières. Mon seul objectif est de mettre Paris et Leipzig en concurrence afin d'accéder à l'analyse dont j'ai besoin avant l'accouchement de ma femme.

« Tu me racontes une histoire avant d'éteindre ? »

Comme toujours, mon fils fait le difficile pour aller au lit.

« Je n'en peux plus. Raconte-moi, toi… Je me couche près de toi. »

Il sourit, amusé par ces rôles inversés. Puis, très sérieux, il tente d'échafauder un scénario.

« Tu crois qu'on pourrait faire revivre la dame de Goyet à partir de ses gènes ?

– Tu as imaginé ça tout seul ? Ce à quoi tu penses, ça s'appelle un clonage. En Écosse, ils ont cloné une brebis, Dolly. Et je suis certain que des savants fous ont déjà essayé de cloner des êtres humains. Tu es un vrai trouveur, toi !

– C'est possible alors ? »

L'un près de l'autre sur le petit lit d'Emmanuel, pour le besoin de notre récit, nous nous représentons mentalement la renaissance génétique d'un mammouth laineux ainsi que celle d'énormes ours préhistoriques et d'un Homme de Néandertal. Puis, nous en dissertons jusqu'à ce que le sommeil nous muselle…

Neuvième pleine lune

Il était grand temps que nous nous y attelions. Débarrassée des jouets d'Emmanuel, de mon matériel de bricolage et des manteaux de ma femme, la pièce-débarras de notre appartement semble avoir doublé de volume. Nous couvrons le sol de vieux draps, protégeons plinthes et châssis de bandes autocollantes puis trempons notre rouleau neuf dans la peinture. Ève s'amuse de notre accoutrement de chimiste prêt à maculer tablier et masque. Je n'en reviens pas de la couleur qu'elle a choisie pour la chambre de notre petite Marie, ce bleu parfaitement identique à celui de ses propres yeux. Magique !

« Moi aussi, j'aimerais rafraîchir ma chambre ! »

Depuis quelques jours, Emmanuel semble jalouser l'intérêt selon lui exclusif pour sa petite sœur.

« Si tu veux.

– Tu crois que je pourrais avoir une déco égyptienne ? »

Nous passons la journée à bleuter le moindre recoin des murs tandis qu'Ève, aux petits soins pour ses apprentis peintres, nous gave de biscuits et de citronnade. Ronde et souriante, elle jette de temps en temps un coup d'œil irisé sur notre travail.

« Magnifique, mes petits Schtroumpfs. Mais, on voit encore du rose sur le bout de votre nez ! »

On sonne ! Vite, elle tourne le bouton de la chaîne Hi-Fi, étouffe le *Stabat Mater* de Pergolèse, puis ouvre la porte d'entrée.

« Bonjour, professeur…

– … Quintana, de l'Institut Pasteur.

– Venez, je vous en prie. André ! Le professeur Quintana est déjà là.

Le temps d'enlever ma blouse blanche en papier tachetée de bleu et de me laver les mains, je rejoins la pièce de séjour et salue Lluis Quintana-Murci, un biologiste d'origine catalane venu droit de Paris pour nous rencontrer.

« Excusez mon état. Nous peignons la chambre de Marie et…

– Je devine la couleur choisie ! »

Visage avenant, des yeux rieurs et un style « barbe d'un jour ». Après quelques minutes, Emmanuel s'installe à la table où les tasses de café et une boîte de pralines viennent de paraître. Il ajuste ses lunettes, sort quelques crayons et griffonne plus qu'il ne dessine, tout à l'écoute.

« Mon département *Génétique évolutive humaine* a obtenu la charge d'un article sur votre profil exceptionnel, madame. Le comité de direction a pris la décision de financer cette recherche.

– Formidable !

– L'imminence de votre accouchement nous a forcés à traiter votre cas sans délai. Nous nous sommes focalisés sur votre ADN non codant néandertalien. Cette séquence se situe dans le centromère, une région susceptible d'abriter des gènes restés intacts depuis des milliers d'années.

– Et qu'avez-vous trouvé ?

– Encore rien. La génétique médicale est une science balbutiante et… »

Nous sommes déçus. Pourquoi donc se déplacer d'aussi loin s'il n'a rien à révéler ?

« Laissez-moi vous expliquer… Nous savons que les gènes non codants servent parfois d'interrupteurs pour déclencher ou bloquer l'activité de l'ARN messager.

– Attendez ! Si vous le permettez, je vais m'installer ici. »

Soutenant son ventre à deux mains, Ève s'affale dans un fauteuil proche, plus confortable que la chaise en bois. Le professeur profite de la pause pour boire une gorgée de café.

– Et donc, ma maladie ?

– Rare. Si on tient compte de la sélection naturelle positive, une maladie génétique grave est toujours rare et sa compréhension biologique est très complexe. Son décodage demande du temps. »

Inquiet, je regarde mon interlocuteur.

« Les délais sont trop courts, c'est ça ?

– Restons optimistes. Chaque semaine, nous découvrons cinq maladies rares supplémentaires. Vous connaissez l'épigénétique ?

– J'en ai entendu parler. L'activité d'un gène pourrait être modifiée sans qu'il y ait de mutation. Notre environnement et notre vécu exerceraient cette influence en éveillant ou en endormant un gène.

– En effet. Nous possédons une certaine forme de mémoire moléculaire, ce qui expliquerait pourquoi un aïeul alcoolique transmet son addiction de manière héréditaire. »

Lluis sourit, et son charme fascine.

« Madame, l'épigénétique suggère que votre maladie ne se développera que si elle se trouve en terrain favorable, celui-ci dépendant de votre mode de vie. Voilà pourquoi je voulais vous rendre visite le plus vite possible. Nous avons besoin de connaître vos habitudes, votre environnement et votre passé. »

Avant de laisser ma femme retracer son histoire personnelle et celle de ses ancêtres, je demande au professeur s'ils ont reçu mon mail qui parlait du risque d'un dysfonctionnement de l'angptl6 aggravant l'anévrisme.

« Nous suivons cette piste. La séquence néandertalienne de votre épouse pourrait en effet réguler l'expression du gène codant cette protéine. Mais, comprenez-moi, je cherche le "terrain favorable".

– Papa, tu as raconté les os qu'on est allé déterrer au cimetière ? »

Je rougis, peu fier de cette profanation, et change rapidement de sujet.

« Vous logez à Namur ?

– Non, je fais l'aller-retour depuis Paris. En voiture le dimanche, je serai vite rentré.

– Voulez-vous souper avec nous, comme on dit en Belgique ? Steaks frites et salade…

– Je comptais manger en route, mais volontiers ! Cela me fera gagner du temps. »

Alors que le crépitement de la viande dans la poêle rivalise avec la friture, j'entends le professeur s'intéresser au stress et aux angoisses de ma femme, ainsi qu'aux circonstances qui entourent l'accouchement de sa maman, de sa grand-mère et de son arrière-grand-mère. Quant à Emmanuel, penaud, il griffonne sans plus faire de commentaires sur le prélèvement de leurs restes osseux.

Durant le repas, Lluis délaisse quelque temps l'épigénome d'Ève pour nous raconter par le menu quelques-unes des découvertes récentes de l'Institut Pasteur. Tout cela, je ne sais pas vraiment pourquoi, me semble encourageant.

Dernier croissant de la neuvième lune

L'automne est désormais bien installé. Les flancs de Meuse se couvrent de nuances orangées et s'évanouissent dans la brume au moment où la citadelle de Namur resplendit sous un soleil couchant, cadeau inespéré du ciel après une journée de pluies. Du côté de Leipzig, les premières gelées rampent sur les routes et les jardins. Jean-Jacques Hublin ne confirme pas encore la concordance génétique de ma femme avec la dame de Goyet. Ses techniciens s'entourent de toutes les précautions nécessaires, car la plus grande difficulté de cette manipulation est d'éviter, par l'application de règles draconiennes, la contamination de l'ADN fossile par de l'ADN humain actuel. Celle-ci ruinerait toute comparaison. Extraire et amplifier les séquences génétiques prend du temps. Ou bien, dans la course à la publication, souhaitent-ils contenir l'information le plus longtemps possible ? Qu'à cela ne tienne, l'essentiel pour nous est l'avancée de l'aspect médical des recherches qui se déroulent à Paris.

La chambre bleue attend notre Marie. Grâce à une petite annonce punaisée chez le boulanger, nous avons dégoté, d'occasion, la panoplie parfaite de la nouvelle née. Lit à tiroirs, parc et garde-robe bleus s'accordent naturellement à la couleur des yeux d'Ève, alors qu'un Maxi-cosi et la poussette de compétition s'impatientent des premières excursions. Emmanuel, impliqué dans cette organisation, accepte plus volontiers le bébé à naître.

Les cauchemars et les animaux sauvages hantent toujours les nuits de ma femme. Cependant, ses périodes de stress sont plus rares. Nous ne parlons plus jamais de l'éventualité fatale. La valise posée à l'entrée de notre chambre recèle les précieux atours de Marie et de sa maman : un bonnet de coton, un soutien-gorge d'allaitement en dentelle noire et pas de ratons laveurs. Cette valise que nous apercevons chaque fois que nous passons dans le couloir nous rassure. Tout est normal. Tout ira bien.

Pour distraire ma belle, je farfouille avec elle à l'Innovation ou dans les boutiques spécialisées. Des tee-shirts amples et des leggings de toutes les couleurs chauffent ma carte de crédit, je me demande cependant si la grossesse justifie l'achat de chaussures ou d'écharpe en cachemire. Mardi matin, alors que j'étais en chômage technique, nous nous sommes rendus à la grotte Scladina où Delphine a accepté de sortir de son écrin la Vénus de la vallée mosane. Ève s'en est donné à cœur passionné pour mitrailler la statuette sous tous les angles possibles tandis que je discutais avec la guide des nouvelles reçues de Paris. Pourvu que sa grossesse aille jusqu'à son terme, prévu dans une lune ! Un accouchement prématuré ruinerait tous nos plans. Il reste à l'Institut Pasteur très approximativement 29 jours 12 heures et 44 minutes pour déterminer pourquoi les aïeules maternelles de ma femme sont mortes en couche et empêcher qu'elle subisse le même sort.

Ce soir, nous fêtons mon anniversaire. Je suis né un jour gris et pluvieux où les âmes d'ici se perdent dans leur belgitude. Sous la douche, je me demande si mon fils et ma femme m'ont préparé quelque chose. Comme chaque année, je ne souhaite pas de festivités ni restaurant ni grand tralala. Cependant, je serais triste s'ils ne pensaient pas un peu à moi, ne m'octroyaient pas la primauté d'être le roi d'un jour, d'un petit moment du jour.

Quand j'arrive au salon, lampes éteintes, les visages d'Ève et Emmanuel scintillent sous la faible lumière de quarante-cinq bougies. Chacune d'elle, plantée dans un plat de crêpes fourrées aux champignons encore fumantes, marque le poids des ans ou la chance d'avoir vécu, selon l'humeur. La mienne est en ce moment à l'excès d'émotions. Et, déterminé à conjurer le mauvais sort, j'étourdis toutes les flammes d'un seul souffle. Mes chéris viennent dans mes bras dans une étreinte à presque quatre. Avant de passer à table, je prends le temps d'admirer le coucher de soleil sur fond de pyramides que mon fils a dessiné pour moi.

« Bon anniversaire ! »

Ève me donne son cadeau juste quand la fourchette porte à ma bouche le premier morceau de crêpe. Je sais ce moment choisi. Ma femme me surprendra toujours, même dans ces détails. La fourchette suspend son vol, mes yeux passant du paquet doré au mets dégoulinant de sauce. Emmanuel se moque.

« Tu l'ouvriras plus tard ! »

Le bourgueil s'harmonise avec le repas. Aujourd'hui, Bacchus c'est moi, et le verre de vin est mon sceptre !

Une fois le dessert partagé, Emmanuel débarrasse et commence laborieusement la vaisselle tandis que j'ouvre mon paquet.

Un livre de papier jauni, une couverture cartonnée, un titre en lettres dorées, *La Vénus de la vallée mosane*, enluminé de fines feuilles d'arbre séchées et savamment collées. La première page est consacrée à l'agrandissement photo de la Vénus. Mieux que sur place, j'en admire les moindres détails, les seins gonflés, le ventre enceint depuis plus de *37 mille* années et le sexe d'autant plus envoûtant que suggéré.

Je ne suis pas au bout de mes surprises, les pages 2 et 3 présentent en regard une des photos que j'avais prises d'Ève enceinte et, dans une posture identique, dans le même angle de vue, la statuette préhistorique. La symétrie et l'harmonie des couleurs sont parfaites, la similitude est sublime… Juste à temps, je rattrape une larme qui tombait sur le scrapbook, Ève me donne son mouchoir, pose sa main sur mon échine. Puissants frissons. Les plus beaux clichés de ma femme, imprimés avec son matériel presque professionnel, se retrouvent sur chaque feuillet pair du livre, enluminés, décorés sobrement, de papier ou d'un élément végétal. Face à sa sensualité, sur le feuillet impair correspondant, la statuette vibre et revit. Les détails sont soignés. Elle a dû y passer des heures et des heures. En dernière page, calligraphiée en arabesques, la date du jour, 23 octobre, sans année et sans âge. Et puis ces mots : *ton Ève… ta Vénus, pour l'éternité.*

DIXIÈME LUNE

Se transformer en cendres, nourrir les plantes, permettre au cycle de la vie de suivre son cours. C'est la seule forme d'éternité à laquelle je puisse aspirer.

André Brink

Dixième nouvelle lune

Alors que la nouvelle lune annonce la naissance de notre fille dans le mois, une querelle de couple décide Emmanuel à se réfugier dans sa chambre. L'attitude *ventrocentrée* d'Ève devient insupportable. Ou plutôt *bébécentrée,* car, versée mentalement dans la période du post-accouchement, ma femme n'a plus de pensées que pour *son* bain, *ses* nuits, l'allaitement ou les langes.

De plus, une panne de courant généralisée plonge Namur dans le noir alors que nous sommes vendredi, jour du *Vampire Diaries*. Et la réparation se fait attendre.

Quand enfin nos cris cessent, le petit sort de son antre. Il connaît la brièveté de nos conflits.

« On voit les étoiles ! »

À la lueur des bougies, je ramasse les morceaux de l'assiette que j'ai cassée, termine la vaisselle, puis m'approche de la baie vitrée. La force lumineuse de la ville s'est évanouie. On distingue à peine quelques passants qui éclairent leurs grands pieds avec la torche d'un smartphone. Et là-haut, la voûte céleste et sa myriade de points scintillants me décrispent.

Je pousse le divan jusqu'à la fenêtre, invite Emmanuel à s'installer entre nous deux. Le silence s'est imposé, nos yeux s'acclimatent et l'infini s'ouvre. L'univers est magicien.

Juste avant la coupure d'électricité, nous avons reçu un long appel téléphonique. Le professeur Quintana tenait à nous informer personnellement que mon intuition se vérifie : Ève est atteinte d'une pathologie susceptible d'annihiler l'action positive de l'angptl6. Et donc, de ne plus la préserver d'une rupture d'anévrisme.

La terrible menace liée aux derniers jours de sa grossesse semble inscrite dans l'épigénome mitochondrial de ma femme et de son ascendance féminine. Dans une réaction en chaîne, cette protéine épigénétique libérée par le stress de l'accouchement activerait l'ARN non codant néandertalien qui lui-même inhiberait l'angptl6.

Lluis nous a expliqué cette logique en long et en large. Ces mutations prises séparément ne génèrent aucune pathologie alors que leur combinaison est fatale. La clef des recherches pourrait se situer dans les cauchemars vécus par Ève : le *terrain favorable*, a-t-il insisté. Le chaman avait pressenti ce traumatisme qui, en fin de compte, stimule les gènes.

Alors que l'immensité de la nuit nous plonge dans nos pensées, mon imagination me conduit sur des chemins de traverse. J'essaie de construire mentalement la dixième nouvelle lune, là, dissimulée dans l'ombre de la Terre. Dans trois semaines, lorsqu'elle sera dans son dernier croissant, l'Institut Pasteur aura ciblé les vecteurs d'activation de la maladie d'Ève. Et, je l'espère de toutes mes forces, il aura trouvé le remède le plus efficace. Sans quoi…

« Papa, pourquoi on doit mourir ? »

Je fouille du regard le ciel sans lune, pense à mon fils, au Sapiens, seul être vivant à savoir qu'il mourra un jour.

« Si nous sommes là, si évolués, c'est grâce à la sélection naturelle et donc parce que les plus faibles ou les moins adaptés disparaissent avant de se reproduire. La mortalité est très bonne pour l'évolution.

– Il faut mourir alors ?

– Ça ne m'arrange pas trop, mais oui. La mort est nécessaire pour que survive toute vie sur Terre.

– Et toi, t'as envie de mourir ? »

Ève le regarde, sourit :

« Je voudrais juste ne pas souffrir. Mais mourir n'est pas insupportable pour moi. Ceux qui croient en Dieu et en la résurrection comprennent le sens véritable de leur existence sur Terre. Ils savent qu'ils sont venus dans un but bien précis, pour apprendre, pour grandir, tendre vers le meilleur.

– Moi, quand je serai mort, je ne serai plus rien du tout ! Je serai comme les os du cimetière que j'ai déterrés avec papa.

– Ne pense plus à ce que nous avons vu. C'est trop dur.

– Mais non, quand on est mort, on ne sait même pas qu'on ne vit plus. Et puis, j'ai tout le temps.

– C'est vrai, tu as toute la vie.

– Et ce serait juste dommage de partir trop vite parce que vous seriez sûrement très tristes. »

Alors que les derniers mots de notre fils nous font tressaillir, le ciel et sa dimension infinie nous emportent à nouveau… Durant ces presque dix lunes à la recherche du Graal que l'Institut Pasteur nous a offert aujourd'hui, j'ai été confronté à l'infiniment petit et l'infiniment grand. De la taille d'un gène aux millions d'années qu'il nous a fallu pour devenir Homo sapiens, tout me semble gigantesque et immortel alors que la finitude nous côtoie et nous guette.

Tout est amené à disparaître, moi, la civilisation puis les astres. Et pourtant, après l'anéantissement, il restera le meilleur pour reconstruire autre chose.

En un instant, les lumières de la ville réapparaissent et les étoiles s'éteignent. Tout autour de la place Servais, nous voyons les fenêtres s'allumer et les gens bouger. Notre télévision émet un son et diffuse ses images, le chauffage se remet en route, l'heure digitale clignote. Seule la lune reste invisible, présente et lancinante.

Premier croissant de la dixième lune

Les jours où je travaillais, maman restait auprès d'Ève à l'appartement. Mais, désormais en congé jusqu'au terme de sa grossesse, je prends le relais. Au CHU de Namur, sur le site Sainte-Élisabeth, le service maternité est prévenu de l'arrivée imminente de ma femme. Une hospitalisation anticipée n'a pas été jugée nécessaire. Toutefois, le corps médical a décidé de provoquer l'accouchement mercredi prochain, dans six jours. Compte tenu des risques, une chambre hypermédicalisée est aménagée et notre neurochirurgien est prêt à intervenir.

Souffrant de décharges nerveuses de la jambe à l'aine, Ève vaque à son ménage quotidien, s'arrête souvent pour reprendre souffle ou se masser le dos. Son énorme ventre me fascine et m'effraie. Parfois, j'ai l'impression qu'un Swiss Ball lui a été collé sur l'abdomen avec de la Super Glue. Alors, elle rit. Je m'assieds sur une chaise et glisse mes mains sous ses vêtements. Je vérifie du bout des doigts qu'il s'agit bien de sa peau de future maman, de sa douceur et de sa chaleur. Et là, elle ne bouge plus, ferme les yeux et profite de la caresse.

« Continue ! Tu me fais du bien…

– Tu ne ressens rien de spécial depuis l'injection ?

– Ça va, juste un peu de fièvre. »

Sur les conseils de l'Institut Pasteur, notre médecin traitant s'est procuré de l'*ANGPTL6-Mouse, 4 unique 29mer shRNA* dont ma femme a reçu une première dose avant-hier. Face à l'urgence, Paris propose une trithérapie destinée à pallier la déficience programmée de l'angptl6. L'injection d'un rétrovirus spécifique largement testé en constitue la première étape.

« Repose-toi un peu !

– Tu as raison, je vais dans la chambre. Il me reste trois pages à décorer et l'album de naissance de Marie sera fini. Puis je m'étendrai.

– Tu as mis ton appareil photo dans la valise ?

– Oui, tout est prêt ! »

Ce matin, Ève ne pouvant pas se déplacer, je me suis rendu seul chez la professeure Karin Dahan.

« Eh bien, vous voyez que vous pouviez être confiants ! Nous avons trouvé, finalement. »

Je n'ai pas du tout apprécié. La généticienne semblait fanfaronner alors que, sans la découverte hasardeuse de la dame de Goyet, nous ne serions nulle part. Mais peut-être était-ce de l'humour qui, je l'avoue, me fait défaut lorsque je sais ma femme en danger de mort.

La scientifique belge, en relation quotidienne avec le professeur Quintana, souhaitait me parler de notre « prochaine née » et du traitement auquel elle devrait se soumettre.

« Ma fille ?

– Qui dit génétique, dit héréditaire. D'autant plus que la mutation incriminée se trouve dans l'ADN mitochondrial transmis uniquement par la mère.

– Marie est malade ?

– Elle est très probablement atteinte de la même pathologie que sa maman. Mais contrairement à votre femme, nous avons tout le temps de la soigner. Si j'en crois votre dossier, la mutation ne deviendra néfaste qu'à sa première grossesse. »

S'en est suivie une longue explication où l'éminente professeure m'a présenté les différentes génothérapies à l'étude.

« Vous comprenez, c'est une science médicale récente et en pleine évolution. Une fois le gène fautif ciblé, la thérapie génique tente de le corriger ou de l'empêcher d'agir. On touche donc à l'information contenue dans la cellule et pas à sa fonction.

– Mais nous possédons plusieurs milliers de milliards de cellules ! Comment pourriez-vous modifier l'ADN de chacune d'entre elles ?

– Je vais d'abord vous expliquer l'hétéroplasmie mitochondriale… »

Après cet entretien, n'ayant pas d'autre choix que de m'en remettre à ces spécialistes, j'ai accepté de confier le traitement de ma fille « pas encore née » à la professeure Dahan. Puis, j'ai pris la voiture pour rejoindre, pensif, notre appartement de Namur.

Je n'entends plus de bruit dans la chambre, Ève s'est probablement assoupie.

Depuis quelques minutes, notre fils est revenu des cours avec son premier bulletin de l'école secondaire. Tout en l'exhibant avec fierté, il dévore quelques mendiants. Les noisettes, noix, figues et raisins secs croquent et craquent sous ses dents affamées.

« Bravo ! Fais juste attention en néerlandais…

– T'inquiète ! J'ai oublié d'étudier le vocabulaire de la seule interro que j'ai eue. Tu te rappelles, c'était le dimanche où l'homme espagnol est venu de Paris et… »

Je me rends compte que cette année a dû être perturbante pour notre fils. Très enrichissante aussi. Il était déjà un petit garçon différent, fort réfléchi. Mais là, en quelques lunes, il a gagné en maturité. Je suis impressionné.

« Alors, c'était pour quoi qu'elle t'avait donné rendez-vous la professeure ?

– Marie a probablement attrapé la maladie de maman. Elle devra suivre un traitement. »

Je prends quelques feuilles blanches et un bic quatre couleurs dans le tiroir, puis tente de restituer l'explication.

« À l'intérieur de la cellule, on trouve des mitochondries. »

Dans le cercle noir, je dessine une grande forme ovale verte que je pointille de bleu.

« Le bleu, c'est pour les bons ADNmt, mais dans les mitochondries de maman et Marie, certains ADNmt sont mutés. »

J'ajoute plein de points rouges bien plus nombreux que les bleus.

« Ici, par exemple, tu constates au moins 80 % de points rouges. Cette proportion s'appelle le taux d'hétéroplasmie.

– Faudrait éliminer les rouges.

– Le but est surtout de ne conserver que le bleu. Pour ça, Pasteur prépare une levure en laboratoire qui empêchera l'ADNmt rouge de se répliquer au moment où la cellule se reproduira.

– Comme le petit bloc que maman utilise quand elle fait du gâteau ?

– Exactement. La levure de boulanger est une sorte de champignon qui passe facilement dans les mitochondries. Ils vont la traficoter et l'incorporer dans une gélule que Marie prendra toute sa vie. »

Je barre les pointillés rouges.

« Et chaque fois que la levure rencontrera un ADNmt muté rouge, elle s'y fixera et empêchera qu'il se réplique. Comme ça, petit à petit avec ce médicament, les nouvelles cellules ne présenteront plus qu'un pointillage bleu. Marie atteindra un taux d'hétéroplasmie de plus en plus bas ! »

Crac, croc ! Emmanuel achève son dernier mendiant, tout heureux.

« Pourquoi souris-tu ?

– Parce que je suis content qu'on va guérir Marie. Et que ça me fait plaisir quand j'ai une bonne pensée. »

Sans vraiment me rendre compte de l'importance de ce que dit mon fils, je souris moi aussi, puis je le regarde longuement.

En dix lunes, cette quête et cette enquête nous ont tellement rapprochés l'un de l'autre et l'adolescence n'a pas encore mis ce lien privilégié entre parenthèses.

Ensemble, nous avons parcouru l'Europe, la préhistoire et l'infiniment petit. Complices, nous nous sommes encouragés, soutenus et admirés. Il a mûri, il a appréhendé la disparition de ses parents et l'abandon de la part de sa famille. Et surtout, il a accepté sa dualité culturelle. Moi aussi, j'espère avoir évolué face à mon hyperémotivité et les trop nombreux signaux que je perçois, que j'ingurgite.

« Ta sœur sera guérie avant ses dix-huit ans et pourra faire plein de bébés en bonne santé. »

Dixième pleine lune

Emmanuel a souhaité nous accompagner à l'hôpital. Sa place n'est peut-être pas ici, dans la salle d'attente d'une maternité, mais je n'ai pas eu le cœur de le lui interdire. Et puis… Et puis là, j'ai peur. Et sa présence me fait du bien. Nous sommes deux, soudés par l'angoisse.

Depuis que je vogue dans les méandres de la sélection naturelle, on me serine qu'un gène vital ne peut que se transmettre de génération en génération, par copies successives de lui-même. La vie est une conjonction d'intérêts entre ces milliards de gènes qui survivent alors que les êtres, eux, meurent et disparaissent. À quoi peut servir l'immortalité potentielle d'un gène si, une fois reproduit, il se fiche de l'être vivant qui le porte ? La vie sur Terre est égoïste !

« Explique-moi encore ce qu'ils ont fait à maman… »

Sont posées sur les genoux de mon fils les deux bandes dessinées du Petit Spirou, que je lui ai offertes, *Demande à ton père* et *La Vérité sur tout !*, un des derniers albums de la série. Je suis ravi qu'il préfère discuter avec moi plutôt que de lire.

« Je n'ai pas compris ton histoire de virus.

– Un virus, c'est une particule championne dans le transport des gènes. Et comme le système génétique – ADN, ARN, protéine, tout ça… – est identique pour tous les organismes, le virus infecte facilement nos cellules avec son génome viral et nous rend malades.

– Et le rétrovirus ?

– C'est un virus spécial qui "rétrotranscrit" son ARN en ADN pour l'intégrer dans le génome de ta cellule infectée. Dans le sens inverse de ce qui se passe naturellement, si tu veux. Le sida est une maladie très grave qui se transmet par rétrovirus.

– On peut soigner quelqu'un avec ça ?

– Les savants ont élevé en laboratoire ces particules spécialisées et puis ils les ont injectées dans le corps de maman. Quand un rétrovirus rencontre le gène désigné, il le corrige.

– C'est quoi leurs spécialités ?

– Je te rappelle que maman a absolument besoin d'angptl6 pour consolider les parois de son anévrisme. Et comme le stress libéré par l'accouchement risque de stopper la production d'angptl6, ils ont envoyé une armée de rétrovirus qui vont dire au gène de continuer à fonctionner. Ça, c'est depuis une bonne semaine.

– Ensuite ?

– Ce matin, ils ont injecté directement dans le sang une grosse dose d'angptl6 de souris.

– Avec une piqûre ?

– Maman n'a pas eu mal, ne t'inquiète pas. Surtout qu'ils l'ont hypnotisée pour la déstresser. C'est la dernière partie de la trithérapie mise en place, trois traitements conjoints : les rétrovirus, la surexpression d'angptl6 et l'hypnose pour la préserver du "terrain favorable". »

Alors que je m'apprête à évoquer avec mon fils cette forme de stress inscrite dans la mémoire des chromosomes d'Ève, l'accoucheuse nous rejoint dans la salle d'attente.

« Monsieur Lelièvre ? »

Je scrute son visage, la moindre expression funeste. Elle est impassible. Une peur énorme s'empare de moi, sous forme de fourmis, de millions de fourmis qui courent dans mes jambes, mon corps, ma vue. Je me lève, titube, elle approche.

« Rassurez-vous. L'hypnose fonctionne et votre épouse est très réceptive. Elle est en sécurité.

– Ah !

– Le travail a commencé, mais la dilatation du col de l'utérus est lente. Il vous faudra encore attendre longtemps. Allez prendre l'air ! Vous êtes tout pâle.

– Mais comment va-t-elle ? »

L'infirmière réfléchit.

« Les réactions à l'hypnose diffèrent d'un patient à l'autre, vous savez ! Il s'agit d'une résilience neuronale qui…

– D'accord. Mais, comment est-elle ?

– Elle est très calme, elle… Elle parle beaucoup de la couleur bleue. Dans son monde, tout semble être bleu. »

Je regarde Emmanuel, la couleur évoquée nous rassure un peu sur la suite des événements.

Dès lors, l'ambiance s'allège. Nous descendons manger un petit gâteau à la cafétéria de l'hôpital. Trop confiants, ou dans le besoin de libérer notre angoisse, nous rions pour un rien.

« Tu te rappelles, l'auberge de jeunesse en Roumanie ? Les énormes cafards qui se baladaient dans la chambre, la nuit ?

– C'était fou ! »

Le soir tombe. Nous sommes encore dans la salle d'attente. Affalé sur deux chaises orange en plastique dur, Emmanuel termine sa deuxième bande dessinée alors que je somnole, bien calé sur mon siège. L'accoucheuse arrive enfin, toujours aussi sérieuse. Rien ne se lit dans son expression figée.

« Vous pouvez me suivre tous les deux. Marie va bien… »

Nous nous levons et, les membres inférieurs engourdis, déambulons dans quelques longs couloirs jusqu'à une chambre vitrée.

« Elle est là !

– Je peux la prendre ? »

Tous les petits lits sont vides, excepté celui de Marie dont les grands yeux bleutés cherchent d'où provient cette voix, celle de son papa.

« Bien sûr. Mettez bien votre main sous sa tête. Voilà… »

Emmanuel la regarde, étonné, attendri. Elle a tout de si minuscule, les doigts, les bras. Et le nez, le même nez que sa maman. Ève…

« Où est ma femme ?

– Ils s'en occupent.

– Comment ? Quoi ?

– Elle a fait un malaise, le neurochirurgien vient d'arriver. »

Dernier croissant de la dixième lune

Aujourd'hui, la petite est âgée de douze jours et, dans l'après-midi, le curé de la paroisse la baptisera.

Installé dans la cuisine, je profite de la sieste de Marie pour rédiger un essai sur l'*Interprétation spirituelle des peintures rupestres*. Je devrais me reposer, moi aussi. Les nuits, hachées par les cris affamés de ma fille, sont longues et éprouvantes. Cependant, ma nouvelle passion m'exalte et me tient en éveil. Ou bien est-ce le besoin vital d'envisager autrement l'existence ? La fin de tout m'obsède, mais dans une forme d'acceptation, sans plus me hanter. La spirale du temps ornait les grottes préhistoriques. Les constellations et le cycle des saisons inspiraient leurs œuvres. La vie, comme la mort n'est qu'un passage et la lune disparaît avant de réapparaître dans sa nouvelle phase.

On sonne à la porte, Emmanuel ouvrira…

Ici même, il y a dix lunes, ma femme m'annonçait qu'elle était enceinte : « Je vais nous faire un bébé, et tout va bien se passer ». Il pleuvait comme aujourd'hui et elle se baladait nue dans l'appartement.

J'observe sur l'écran de mon ordinateur la Cueva de las Manos, cette grotte argentine couverte de traces de mains marquées en négatif sur la roche. L'effet est fascinant. Toutes ces empreintes encore en vie et pourtant vieilles de *13 mille* ans.

J'écris une dernière phrase, « La mère est la Terre et la Lune est ce va-et-vient des marées qui la fécondent ».

« Salut, beau gosse ! »

Bernard apparaît en costume trois-pièces, suivi d'Hélène Berger, le parrain et la marraine. Je serre notre ami dans mes bras, fais trois bises à ma Périgourdine, très ému de la revoir.

« Tu as fait bon voyage ?

– Le trajet en voiture était long, mais tout va bien. J'ai pris une semaine de congé pour visiter les sites préhistoriques de la vallée mosane.

– Excellente idée ! »

« Viens, ma chérie ! On va dire bonjour à parrain et marraine ! »

Ève arrive au salon. Elle porte notre enfant.

S'ensuivent quelques échanges annonciateurs d'une journée festive. Alors que nous nous installons pour l'apéritif, la petite se veut grincheuse. Ève se lève, chantonne et la berce en dansotant. Tous attendris, nous observons la scène, la maman et sa fille qui se dirigent vers la fenêtre de notre appartement, les deux visages qui se collent contre la vitre pluvieuse, un rire coquin :

« Regarde, Marie. Je te l'avais dit ! Vues du dessus, toutes les personnes ont des grands pieds… »

Bibliographie thématique

Génétique – Biologie

Faut-il se fier aux tests génétiques?, pour la Science, No 499, 2019, p. 27
Génétique & Épigénétique, Science & Univers, No 3, 2019
Le Gène égoïste (Richard Dawkins), Jacob, 1989
Ni Dieu ni gène (Jean-Jacques Kupiec et Pierre Sonigo), Seuil Points, 2000
Qui sommes-nous? (Luca et Francesco Cavalli-Sforza), Flammarion Champs, 1994
Traité du vivant (Jacques Ruffié), Flammarion Champs, 1986

Sites préhistoriques wallons

La grotte Walou, un site exceptionnel du Paléolithique, Institut du Patrimoine wallon, 2013
Les chasseurs-cueilleurs du Paléolithique et du Mésolithique, Institut du Patrimoine wallon, 2013
Neandertal, l'Européen, Service public de Wallonie, 2011

Paléoanthropologie

La nouvelle histoire de nos origines, Science & Vie, 2018
L'émergence de l'homme (Josef H. Reichholf), Flammarion Champs, 1991
La revanche du Néandertal (John Gelder), PARC, 2001
Le phénomène humain (Pierre Teilhard de Chardin), Seuil Points, 1955
Le singe, l'Afrique et l'homme (Yves Coppens), Fayard, 1983
Les origines de l'homme (Pascal Picq), Tallandier Points Sciences, 2005
Les Racines du monde (André Leroi-Gourhan), Belfond Poche essais, 1982
Madame de Néandertal, journal intime (Pascale Leroy et Marylène Patou-Mathis), NiL, 2014
Naissance de l'Homme (Robert Clarke), Seuil Points, 1980
Qui a tué Neandertal? (Éric Pincas), Michalon, 2014

Préhistoire

La femme des origines (Claudine Cohen), Belin-Herscher, 2013

Proche-Orient

Ô nuit Ô mes yeux (Lamia Ziadé), P.O.L., 2015

Sans oublier les sources d'informations qu'offrent l'Internet en général et Wikipédia en particulier.

Du même auteur

Le petit lézard vert, roman, éditions Dricot, Liège, 1996
Deux allers simples, roman, éditions Dricot, Liège, 1999
Larousse du Jeu Scrabble, ouvrage collectif, Larousse, 2000
Gagnez au Jeu du Scrabble, ouvrage collectif, Larousse, 2005
L'officiel du Jeu Scrabble, dictionnaire, Larousse, 1998/2003/2007/2011/2015/2019/2023
La Trappe aux Oiseaux, roman, éditions Poussière de Lune, Mons, 2015
Une Vie de Garçon, roman, éditions Poussière de Lune, Mons, 2018
Une Vie Rêvée, nouvelle, éditions Acrodacrolivres, col. Livre au carré, 2019
Les voyages forment la jeunesse, nouvelle, éditions Lamiroy, col. Opuscule, Bruxelles, 2020
La fin des haricots, roman, éditions Acrodacrolivres, 2020
Je suis une jeune scrabbleuse, nouvelle, éd. Lamiroy, coll. Opuscule, 2022

TABLE

Achevé d'imprimer en mai 2023
en Union Européenne
pour le compte des Éditions M.E.O.